저 이승의 선지자

저 이승의 선지자

THE PROPHET OF MUNDANITY

김보영 소설

아작

차례

저

이승의

선지자

첫 번째
나

0

아만과 합일해야 한다.

달리 내 타락을 막을 도리가 없다. 아만의 타락도, 더해
서 세계의 타락도.

비록 그 일이 내 인격의 종말을 가져온다 할지라도.

1

눈을 떴을 때 나는 들판에 누워 있었다.

날은 눈부셨고 따사로웠다. 새하얀 하늘 아래 황금빛 밀밭이 펼쳐져 있다. 밀 빛깔이 어찌나 선명한지 꿀처럼 흘러내릴 것만 같다. 끝없이 펼쳐진 밀밭에는 인적도 짐승의 기척도 건물도 없다. 산이나 언덕배기도, 강도 개울도 없다. 지평선 저쪽까지 밀밭뿐이었다.

"늦었네."

머리 위에서 익숙한 소리가 들렸다.

가족이었다. ……넓은 의미에서.

녀석이 내게 무릎베개를 해 주고 앉아 뜨개질을 한다. 이 녀석에게 뜨개질 취미도 있던가 생각하다가, 또 무슨 취미는 없었겠는가 싶었다. 녀석의 뜨개바늘에 딸려 올라가는 것은 풀잎과 진흙과 지푸라기다. 누가 보이지 않는 손으로 뜯어 땋아서 전해주는 것처럼 꼬이고 뒤엉켜 실처럼 말려 올라간다.

"하도 늦어서 안 오는 줄 알았다."

"안 올 도리야 있나."

"하긴."

나는 주변을 보았다. 지평선의 곡선이 유달리 봉긋하다. 내가 있는 곳이 구체이기는 하되 지구보다는 훨씬 작다는 뜻이다. 기껏해야 작은 소행성만 할까.

풍광은 인상파 화가의 그림처럼 짙고 선명하다. 실제 빛이 그러한 것이 아니라 내 감각이 명료해진 것이다. 감각이 물로 씻어낸 것처럼 깨끗하다. 예전에 내가 빨강이라고 생각했던 색은 실상 죽은 핏빛에 가깝다. 파랑이라고 생각했던 빛은 구정물 빛에 가깝다. 들풀 향은 차를 달이는 듯 진하고 귀는 지평선 너머의 산들바람 소리를 들을 수 있을 정도다. 머리에서 안개를 걷어낸 듯 모든 것이 찬란해 버거울 지경이다. 익숙해질 때까지는 이러하리라.

흔치 않은 풍경이다. ……살아있었을 때라면.

"기분이 안 좋아 보이네."

녀석이 뜨개질을 계속하며 말했다.

"모든 생의 결말은 죽음이야. 기분이 좋을 리가 있나."

"좋은 생을 택하지 않았잖아. 언제나처럼."

'녀석'이라 부르지만, 그에게 성별은 없다. 그럴 수밖에. 지금 우리에겐 유전자가 없으니까. 심장과 폐, 소화기관과 배설기관도 없다. 신경계와 뼈와 근육이 없는 것과 마찬가지로.

나는 나 자신의 몸을 내려다보았다. 2차 성징이 없는 몸은 큰 아기나 다름없다. 이승이라면 아기라도 성기를 갖추고 있겠지만, 지금은 그마저도 없다. 지금 우리에게는 성별을 결정하는 23번째 염기쌍이 없고 2차 성징을 정할 여성 호르몬도 남성 호르몬도 없으니까. 그런 게 필요할 턱이 있을까. 우리가 종족보존을 위해 재생산을 할 필요가 있는가.

……우리에게 죽음이 없건만.

"무슨 생각해?"

지난 모든 생에서 내 가족이었던 이가 물었다. 내 부모였으며 한배둥이였으며, 반려이자 친구였으며 자식이었던 자가.

"수치심에 대해서."

내가 답했다.

"하계에서 네 앞에서 이러고 있었다면 수치스러웠겠지."

상대는 이 바보가 무슨 소리래, 하는 얼굴로 나를 내려다보았다.

"수치심은 성욕의 반대급부로 넣은 거야. 무분별한 생산을 제어하기 위해서. 성욕은 한정된 수명을 가진 개체들이 자신을 재생산하도록 유도하기 위해 넣은 것이고. 우리에게는 성욕이 없으니 수치심이 있을 수가……."

"알아."

안다. 내가 아는 것은 이자도 알고, 이자가 아는 것은 나도 안다.

'이자는 나다.'

나는 생각하며 흙을 손으로 쥐었다. 이끼와 작은 씨앗, 마른 이파리가 섞인 흙이 손가락 사이로 부스스 빠져나간다. 모래, 두 개의 산소 팔을 가진 규소, 열네 개의 전자가 회전하는 원자, 근원으로 내려가면 모두 같은 물질. 모두 나와 같은 물질.

'이곳은 나다.'

내 중음(中陰)이다.

어떤 생에서는 죽음을 넘나들다가 여기까지는 왔다 가기도 했다. 돌아가서는 사후 세계를 보고 왔노라 흥분해 떠들고 다니기도 했다. 하지만 내가 보고 간 것은 언제나 내 중음뿐이었다.

그마저도 제대로 회상한 적이 없다. 이승에 돌아가면 고깃덩어리에 불과한 조잡한 육신에 갇히고 육신은 갖가지 방법으로 생각을 방해한다. 처리능력이 떨어지는 뇌, 마약과도 같은 호르몬, 가짓수가 적은 신경전달물질, 처리속도가

느린 신경세포. 모든 감각이 선명해진 지금과 비교하면 정신질환에 걸린 것과 다름이 없다.

'모든 것이 나다.'

나는 계속 생각했다. 실감이 나지 않았기 때문이다.

"'아만'은?"

나는 습관처럼 물었다. 녀석은 내가 '어떤' 아만에 대해 묻는지 바로 알아듣는다. 그리고 언제나처럼 고개를 저었다.

"여전해. 제 중음에 갇혀 빠져나오지 못해. 그곳이 사후세계의 전체라 믿어 의심치 않아."

아는 답이었지만 새삼 시무룩해졌다.

"도망친 것들은 저승에 돌아오지 않고 제 중음에서 다시 환생해. 돌아갈 땐 수백 수천 조각으로 분열하지. 운명도 짜지 않고 자리도 가리지 않아. 도망쳐야 한다는 의지밖에 남지 않는 것 같아. 이젠 도솔천도 추적을 포기했어."

아는 문제였다…….

"그래서, 정말로 '합칠' 생각이야?"

"그래."

내가 답했다.

"내 탓이니까."

나는 햇빛이 쏟아지는 창가를 생각했다. 양은 주전자가 달그락거리는 소리며 꽃내음이 향긋한 차 향을 생각했다. 그 창가 옆 침대에 앉아 있는 늙고 노쇠한 아만을 생각했다.

나를 향한 그의 눈빛을 생각했다. 생각하니 가슴이 아렸다. 지금은 내 몸에 심장이 없는데도 불구하고.

녀석은 침묵하고 지평선 저쪽을 응시했다. 별 무리가 촘촘히 박힌 웅장하고 검은 구체가 새하얀 하늘에 덩그러니 걸려 있다. 회전하고는 있지만 워낙 커서 움직임이 느껴지지는 않는다. 저것은 해도 달도 아니다. '이승'이다. 한가운데에 하계의 중심인 지구가 있는 거대한 천체. 우리의 학교, 체험학습 수련관. 시뮬레이션 센터.

"다 모아 온 거냐?"

녀석의 질문에 나는 고개를 끄덕였다.

"짐승에서부터 벌레, 나무와 흙과 바위까지?"

나는 고개를 끄덕였다.

"산 것 숫자가 꽤 줄었을 텐데. 몹쓸 짓이야."

"같이 한 일이잖아."

"회한이었어. 그래, 다 합일하니 보이는 것이 있어?"

처음에 죽은 것은 하루살이 군락이었다. 웅덩이가 메워진 뒤 영체가 되어 내 중음에 날아왔다. 다음에 죽은 것은 개미 군락이었다. 불도저가 왕국을 메웠다. 벌집은 산불로 불탔다. 죽는 순간에는 원망으로 들끓었지만 죽은 뒤에는 대충 이해했다. 나무가 잘려나가고 숲이 사라지고 너럭바위가 갈라졌다. 그들도 죽을 때는 놀랐지만 역시 대충 이해하고 합류했다. 덫에 걸려 죽은 짐승과 그물에 걸린 새와

횟감이 된 물고기가 모였다. 사라진 갯벌과 메워진 옹달샘, 시멘트에 묻힌 개울과 벌판이 모였다. 합쳐질 때는 당황했지만 그 후에는 마찬가지로 대충 이해했다. 정처 없이 살던 사람들이 까닭없는 슬픔에 빠져 차례로 목숨을 끊었다. 아이들은 어미의 배 속에서 죽었고 태어난 아이들은 버려진 채 죽었다. 모두가 삶이 어찌 이리도 허망한지 의문했다.

'그들 모두가 나였다.'

슬슬 '나'로 불리기엔 애매할 만큼 분리가 진행된 개체도 많았다. 나는 최대한 모아들였다. 내 정체성이 흔들리지 않을 한계선까지.

"아만을 소화할 수 있을 것 같아?"

"충분하진 않아."

사실이었다. 내 영역은 최근 급속도로 줄고 있었다. 있는 대로 끌어모았는데도 형편없이 작았다.

"'탄재'를 찾아가 봐. 도움이 될 거야."

"알아."

"지난 생에서는 '복희(伏羲)'가 데리고 있었어. 거취를 알 거야."

"알아."

"조심해. 타락하기 시작하면 타락하는 방향으로만 생각하게 되니까."

그가 짜던 것을 조물조물 마무리 지으며 말했다.

"정말로 타락하고 나면 자신이 타락했는지조차 알 수 없게 되고."

그는 옷을 탈탈 털며 펴 보였다. 옷본이 간단한 녹색 옷이다. 소매도 치렁치렁하고 치마처럼 내린 옷을 대충 허리에서 끈으로 묶는 종류였다. 풀잎으로 짰는데도 베틀로 짠 것처럼 쪽 고르고 판판하다.

"입어 봐."

"옷을 입고 다니라고? 여기서?"

나는 어처구니가 없어 되물었다. 명계에서는 옷을 입을 필요가 없다. 몸을 옷 입은 모양으로 만들면 되니까. 무엇을 소유할 이유도 없다. 만들면 되니까.

"부적이야. 타락을 감지하게 도와줄 거야."

"이걸로 뭘 어떻게?"

"옷을 입고 싶어지면 타락한 거야."

'이자는 나다.'

내가 무엇을 겁내는지 안다. 나는 내 안에 도사리는 병마를 생각했다. 오염된 내 몸뚱이를 생각했다. 실패하면 나는 타락한다. 그 생각만으로도 두려움에 몸이 다 흐트러질 것만 같다.

그래도 나는 해야 한다. 더 늦기 전에. 타락이 더 퍼지기 전에, 내가 원형의 나로 돌아가지도 못하게 되기 전에.

나는 몸을 물처럼 만들어 옷 안으로 흘러들어 갔다. 옷이 좀 컸지만 몸을 부풀려 맞추었다. 상대도 흙을 툭툭 털고 일어나 내게 손을 내밀었다.

"자."

투명한 손이다. 실핏줄도 손금도 없다. 우리는 숨을 쉴 필요가 없기에 산소를 운반하는 혈관이 없다. 혈관이 없으니 혈색 또한 없다.

"나도 가져가야지."

나도 같이 일어났고 그의 손 위로 내 손을 덮었다. 닿으려는 찰나 그가 손을 툭 내렸다.

"왜 요새 자기 자신하고만 연을 쌓았어?"

나는 답하지 않았다. 나와 똑같이 생긴 사람이 만면에 웃음을 짓는다.

그는 하나가 아니다. 무수한 삶의 결합체다. 지금 내가 그러하듯이. 나는 그와 함께한 내 모든 생을 생각했다. 내 부모를, 반려를, 한 배에서 난 혈육과 아이들을 생각했다. 그가 내게 속한 것이며, 그의 생과 시간과 목숨이 나만을 위한 것이며, 그가 바치는 사랑과 희생이 마땅한 그의 의무요 내 권리라 믿어 의심치 않았던 날들을. 그와 나를 분리하지 못한 시간들을.

"연을 맺는 사람은 최소한 다른 사람으로 해야지. 그래야 관계를 배우지."

"규정은 없어. 하지 않을 뿐이지."

"남에게 시키기엔 너무 미안했나 보지? 네 지랄 맞은 고행을 지켜보는 역할을 맡기기엔?"

"……."

"아, 이해해. 누구든 너와 연을 맺으면 눈치챌 테니까. 네 몸 상태를 말이야. 창피하겠지. 들키고 싶지 않았겠지. 그래도 지랄 맞은 건 변함없었어."

'이자는 나다.'

나는 생각했다. 내가 바라는 것은 이자도 바란다. 하지만 때로 나는 내가 싫을 때가 있고 나 자신에게 화날 때도 있다. 나 자신을 없애버리고 싶을 때도 있다.

기다리자니 그가 다시 내게 손을 내밀었다. 닿으려는 찰나 도로 뗀다.

"생각해 보니 우리는 별 차이 없잖아. 네 쪽이 좀 더 크다 뿐이지. 그러면 내 쪽에서 합일해도 상관없지 않아?"

"맞아."

나는 그의 손을 맞잡고 돌려 내 손을 그의 손 아래에 두었다.

그리고 우리는 합일했다.

합일하고 나면 알게 되는 것이지만 어느 쪽이든 차이는 없다.

2

'놀려주려던 거였는데.'

새로운 '나'는 생각했다.

'합쳐 줄 생각이었는데.'

하지만 그 생각은 상대도 똑같이 했을 것이다.

이내 그 생각 전체가 희미해졌다. 차이는 없다. 원래 하나였던 이가 둘이 된 것이지 둘이 하나가 된 것이 아니니까.

하나가 되니 나뉘었을 때의 감정 전체가 낯설게 느껴졌다. 어린 시절을 추억하는 것 같다. 경험과 지식이 부족한 나. 기억은 남아 있지만 도무지 같은 개체로 느끼기 어려운 나.

그리고 두 생 전체가 하나가 된다. 합일하고 나니 지금이 좀 더 본질적인 형태의 '나'라는 것을 쉽사리 이해한다. 분열되고 결핍된 조각인 채로 제 인격에 집착했던 마음이 하찮고 덧없게 느껴진다.

바람이 불어와 들판을 쓸었다. 밀밭이 누웠다 일어난다. 바람은 내가 불게 하는 것이다.

아니, 바람이 나다.

내가 부는 것이다. 들꽃이 눕는 것이 아니라 내가 눕는 것이다.

'이 전체가 나다.'

나는 중음의 크기를 가늠했다. 작다. 일을 시작하기 전에 이미 거둬들일 것은 다 거둬들였지만, 여전히 작았다. 내가 줄어들면서 내 힘도, 할 수 있는 일도 줄어들고 있다.

거둬들이려니 새삼 두려움이 솟구쳤다. 죽음 너머의 세계를 겁냈던 이승에서처럼.

무기질에 불과한 공간에 삼켜질까 두려웠다. 밀밭이나 흙무더기가 될까 두려웠다. 하지만 그 또한 나다. 나는 밀밭이고 흙무더기다. 그리된다 해서 하찮아지는 것도 아니다. 그리고 지금부터 할 일을 하려면 이 공간도 필요하다.

'나는 사라지지 않는다. 완전해질 뿐이다.'

나는 발을 가볍게 디뎠다. 내가 디딘 자리에서부터 땅이 흔들렸다. 밀밭이 파르르 떨다가 터져나가며 분진이 되어 흩어진다. 내가 발을 한 번 더 내딛자 운석이 내리꽂힌 듯

땅이 움푹 파이며 부서져 나간다. 먼지는 분자구조로 나뉘었고 분자가 전하를 잃고 떨어진다.

나는 마지막으로 인간형으로 구현한 몸마저 분해한 뒤 합류했다.

입자가 되면 생각도 흩어지고 감각도 불완전해진다. 이 상태에서는 뭘 보고 듣거나 생각하기가 쉽지 않다. 하지만 그 와중에도 세계의 중심에 있는 이승의 존재감만은 무시할 수가 없다. 물론 지금이야 저곳을 '저'승이라 부르고 그 바깥을 '이'승이라 불러야 하겠지만, 우리는 습관처럼 그 모순적인 용어를 그대로 쓴다. '하'계라는 용어도 그러하다. 따지고 보면 '중간'계가 좀 더 어울리는 이름이겠건만.

하계는 세계의 중심에 있는 검고 거대한 회전하는 구체다. 3차원 구조를 비틀어 놓아 바깥의 빛이 안에 닿지 않도록, 어떤 경로로든 물질이 빠져나오지 못하게 닫아 두었다. 그 검은 구체 한가운데에 '지상'이라 불리는 작고 단단한 푸른 땅이 있다.

그곳이 우리의 학교다. 배움의 전당, 체험의 산실, 단기 체험학습 수련관.

'저곳은 나다.'

나는 생각했다.

최근 인구가 폭발하고 인류의 지식도 폭발하면서 하계의

24

영역은 점점 불어나고 있다. 인류의 시야가 급속도로 확장하면서 선지자들은 부랴부랴 태양계를 만들고 은하계 구조도 얼기설기 짜야 했다. 어느 이상은 우선 비가지(非可知)의 영역으로 해 놓았지만, 인간의 시야가 더 넓어지면 전체 구조를 또 새로 짜야 할 것이다. 선지자들 입장에서는 귀찮은 일이라 아마 인류의 지식을 퇴보시키는 방향으로 개입할 가능성이 크다.

'그러면 아만은 또 싫어하겠지만…….'

나는 생각했다. 이승 주위로는 선지자들의 중음이 작은 소우주처럼 맴돈다. 이승의 관점에서 보자면 각 종교의 천계가 따로 있는 셈이라고나 할까. 중음의 크기는 선지자의 몸의 크기며 세력의 크기다. 제자의 숫자와 추종자의 숫자……, 말하자면 인기척도다.

나는 내 한배둥이인 복희의 중음으로 향하며 이승의 대척점이라 할 만한 자리에 있는 흰 구체를 곁눈질했다.

도솔천, 이미 오래전부터 자신의 순수성을 지키고, 타락으로부터 자신을 보호하기 위해 이승에 내려가는 것을 중단한 선지자들의 합일체다.

'저 또한 나다.'

나는 생각했다.

'모두가 나다.'

생각할 수밖에 없었다. 의심이 들었기 때문이다. 그리고 그 의심이 가시지 않았기 때문이다. 내 조각 전체를 모아들였는데도 실감이 나지 않았다.

나는 명백히 타락하고 있었다.

3

복희의 중음은 전보다 더 커져 있었다.

나와 가치관이 대척점에 있는 친구라, 내 영역이 줄어드는 만큼 그의 영역은 커진다. 우리 전체의 총량이 변치 않는 이상 필연적인 일이다.

사이는 나쁘지만 미학은 있는 친구다. 그의 중음은 살아 있는 미술관이나 다름없다. 색색 가지 꽃이 흐드러지게 핀 산 한가운데 금빛 신전이 우뚝 서 있는데 수시로 구조가 변한다. 벽에 걸린 그림은 계속 다른 장면을 연출하고 신전을 가득 채운 헐벗은 나체 조각상들은 모델처럼 연신 자세를 바꾸며 몸매를 뽐낸다.

추종자가 많은 친구라 어디나 시끌벅적했다. 여기저기

서 아이들이 교사 앞에 앉아 회계장부 정리하듯 지난 인생을 검토한다. 지난 생에서 받은 것, 준 것, 실수한 것, 잘한 것을 따져 다음 생에서는 무엇을 배울지 정한다.

"다음번에는 사기술을 배워보고 싶어. 언변에 관심이 생겼네."

"돈에 대한 결핍이 필요하겠군. 어린 시절에 아버지가 사업에 망해 돈타령만 하고 산다면 어떨까?"

"누군가는 그 역할을 해 줘야지. 자네가 내 아버지가 되어 주겠나? 다음 생에는 내가 도와줌세."

"이혼을 해 보고 싶다는 친구가 있어. 그 친구도 끌어들여 보지."

나는 그들을 지나쳐 갔다. 보석으로 장식된 새하얀 대리석 계단을 따라 산을 올랐다. 다른 방법으로 이동할 수도 있지만 복회의 영역에서 주목을 끌고 싶지는 않았다.

신전 앞뜰에 있는 에메랄드빛 호수 옆에는 하계로 떠나는 아이들이 모여 있었다. 다음 생에서 배울 과제와 맡은 역할을 되새기고 도와줄 친구들을 하나하나 눈에 담은 뒤 입자 꾸러미가 되어 날아간다.

"타락을 경계하라."

선생들이 떠나는 아이들의 이마에 손을 얹고 말한다.

"잊지 마라. 하계는 잠시 머무는 꿈이다. 그 세계는 허상이다."

'그 세계는 허상이다…….'

나는 입에 밴 말을 읊조렸다. 나 또한 학생들을 하계로 보내며 닳도록 했던 말이다.

"육신은 허상이다. 너는 분리되어 있지 않다. 우리는 하나다. 모두가 이어져 있다. 잊지 마라."

'잊지 마라…….'

모순적인 지시다. 아이들은 잊는다. 잊을 수밖에 없다. 기억을 지우는 약을 주고 하계에 내려보낸다. 잊게 하고 다시 기억하라니, 이 무슨 고약한 장난질일까.

그중 눈에 띄는 아이가 있었다. 내 삶 중 하나에서 반려였던 아이다. 나를 알아보고는 가벼운 눈인사만 하고는 분해되어 날아간다. 한때는 죽고 못 사는 사이였건만 반가워하는 기색도 서운해하는 기색도 없다.

복희는 신전 한가운데 서 있었다. 한눈에도 눈부신 외모를 하고 있다. 물결치는 금발 머리에 우람한 가슴을 드러내고 으리으리한 황금빛 관과 도포를 두르고 있다. 몸집은 그 제자들의 세 배는 되었다.

"저기 고행주의자가 오는군."

복희가 나를 향해 화통 삶아 먹은 소리로 고함을 쳤다.

제자들이 하던 일을 멈추고 나를 돌아보았다. 대화도 음악도 끊겼다. 실상 이 공간이 모두 그의 몸이며 그의 제자들은 모두 그가 분열한 조각인 것을 생각하면, 복희 전체가 나를 주목했다고 보아도 무방할 것이다.

"그래, 선지자 나반. 이번 고행에서는 무슨 교훈을 얻었나?"

복희는 이승에 나처럼 많이 분열해서 들어가지 않는다. 정교하게 짠 한둘의 생을 택한다. 그는 이승에서도 거대했다. 약자였던 적이 없었고 고통을 이해한 적도 없었다. 노력 없이 얻은 재산으로 모자람 없이 살다가 편히 죽었다. 나는 내 모든 생에서 그를 알았지만 그는 내 존재를 알지 못했다. 나는 그의 회사 청소부였고 일꾼이었고 그의 동네에서 폐지를 줍는 노인이었다. 그가 즐겨 찾던 사창가의 창녀였고 그가 운영하는 기차역에 종이상자를 집 삼아 살던 노숙인이었다.

"자네는 무엇을 얻었는데?"

내가 물었다. 복희는 그 많은 배움을 어떻게 다 말로 할까 하는 얼굴로 하늘을 보았다. 시선이 닿는 지평선에는 우람한 이승이 걸쳐져 있었다.

"정신에 에너지를 얻었지. 자신감과 담대함을 얻었고."

복희의 목소리는 그의 중음 전체에 퍼졌다. 내게 하는 말이 아니라 제 제자들에게 하는 설법이다. 반박할 수는 없었다. 인간이었을 때에도 그는 순수함이라는 면에서 보면 성인이나 다름없었다.

"자네는 부모에게 학대받는 아이가 사랑받고 자란 아이보다 더 성숙해진다고 믿지. 하지만 실상은 반대인 줄 알지 않나. 영혼에 필요한 것은 행복이지 고통이 아닐세."

나는 복희의 말을 한 귀로 흘리며 주위를 두리번거렸다. 내가 시선을 두는 곳마다 땅이 흙벽으로 변해 솟아오르거나 나무가 가지를 늘어뜨렸고 바위가 몸집을 부풀렸다. 투과해서 보려 들면 흙이며 바위가 낄낄거리며 비웃었다.

환영받지 못하는군.

불만은 없었다. 저 녀석이 내 중음에 오면 나는 더할지도 모르니까.

"고통을 겪은 사람이 성숙하면 그렇지 않은 사람보다 더 높은 단계에 이를 수도 있다는 것은 인정하네. 하지만 너무 비효율적이야. 한 발만 헛디디면 영적인 나락으로 떨어질 가능성이 너무 커. 자네 방식은 사람을 무한 경쟁에 밀어 넣고 올라온 아이만 키우는 거나 다름없어."

"'탄재'를 찾으러 왔어."

"누구?"

복희는 짐짓 모른 척했다.

"내 아이, 자네가 빼돌렸을 텐데."

"선생을 택하는 건 학생의 권리일세. 그 애가 나에게 끌린 거지. 자네가 그 애를 붙들 만한 도량이 없었던 거고."

"되돌려달라고 온 건 아냐. 개인적인 볼일이 있어. 자네 영역에 있다면 길을 열어 주게."

복희는 고개를 저었다.

"공교롭게도 내 것이 되지 않았네. 유혹해보았고 반쯤 넘어오기도 했지만, 명계에 돌아오자마자 겁에 질려 줄행랑을 쳤어. 자네를 몹시 두려워하더군. 다시는 환생하지 않겠다는 거야. 그럴 법도 하지. 상으로 주는 생도 거지 같은데, 벌로 주는 생은 얼마나 끔찍할까."

나는 "어린애가 가엾기도 하지……." 하는 복희의 말을 한 귀로 흘리며 돌아섰다. 애를 쓰면 속내를 뒤져볼 수도 있겠지만 그만두었다. 우리끼리의 예의도 아니거니와, 선지자들은 누구 하나 만만한 존재가 아니다. 내가 들여다보면 녀석도 똑같이 나를 들여다본다. 선지자에게, 아니 복희에게 내 몸 상태를 들키고 싶은 마음은 추호도 없었다. 온 명계에 나는 틀렸고 자신이 옳았노라고 신이 나서 소문내고 다닐 놈이다. 내 몸을 제 것으로 하여 나를 정화해야 한다고까지 갈 수도 있다.

하지만 탄재가 복희의 제자로 한 생을 산 이상, 연을 맺은 사람은 이곳 어디에든 있을 것이다.

"합일을 하고 있던데."

복희가 나를 붙들고 물었다.

손으로 붙든 것은 아니었다. 땅이 끈적이며 발에 달라붙었다.

내치고 가려는데 눈앞에서 진흙땅이 꾸물거리며 사람의 모습으로 일어났다. 내 지난 생 어딘가에서 연이 닿았던 아이의 모양을 하고 있다. 옆에서 다른 인형들도 하나둘 더 생겨났다. 하나같이 내가 사랑해 마지않았던 이들이다. 그중에서도 내가 가장 사랑했던 시절, 가장 열정적이었던 날의 모습을 하고 있다. 하나같이 알몸이다. 은밀한 부위까지 살가웠다.

"파리에 구더기까지 다 끌어모으던데?"

남자와 여자, 노인과 아이들, 곤충과 벌레와 작은 짐승과 풀나무들. 가장 연심이 지극했던 시절만 골라 보여주니 아름다운 모습만 있지 않다. 시들시들 마른 몸에 눈도 멀고 머리도 다 빠진 이가 유달리 눈에 띄었다. 나는 그가 병들어 죽어가는 내내 함께했다. 저승에서도 계속 부부로 살자고 맹세하고 또 맹세했다. 하지만 지금 그는…….

"배움이 하나가 되었나? 그래, 고행의 성과는 뭐였나? 우리 모두에게 들려주게."

인형들이 내게 손을 뻗으며 다가와 몸에 엉겨 붙었다. 허리를 다리로 감고 목을 끌어안는다. 목을 핥고 옷을 끌어올려 가랑이 사이를 더듬는다. 생물이었을 때에야 몸을 비비는 정도로도 머리에서 마약이 쏟아지게 해 놓았지만, 이곳에서야 시늉일 뿐이다.

나는 그의 탐닉이 언짢았다. '쾌락'은 백치 상태로 지상에 내려가야 하는 우리가 너무 빨리 죽어 돌아오는 일이 없도록 만든 방향성 유도장치일 뿐이다. 배움이 없어도 본능만으로도 먹고 자고 짝을 짓고 아이를 낳을 수 있도록. 한편으로 호기심을 갖고 배움을 탐구할 수 있도록. 단지 업데이트 때마다 쌓여가는 더미 데이터며 오류를 고치지 않고 누덕누덕 땜질만 하다 보니 영 방향성이 지저분해진 것이다. 명계에서까지 탐닉할 만한 것은 아니었다.

"비싸게 굴지 말게. 우린 다 같은 수행자며 구도자 아닌가. 자네가 배운 것을 나누어준다면 우리의 영혼이 또 얼마나 풍요로워지겠는가. 선지자가 자신을 다 끌어모은 게 얼마만의 사건이던가. 다들 관심이 많다네."

색정 넘치는 얼굴로 나를 안고 뺨을 핥던 흙 인형의 표정이 변했다. 내가 그의 입자의 움직임을 빠르게 한 것이다. 다시 말해, 시간을 흐르게 했다. 인형들이 순식간에 주름이 지고 말라비틀어지며 백골이 되었다.

나는 돌아서서 모두가 들을 수 있게 소리 높여 말했다.

"말로 배울 수 있다면 우리가 학교를 만들지도 않았을 것이다."

복희의 얼굴이 살짝 일그러졌다. 나는 방금 그의 몸을 일부나마 내 것으로 했다. 설득도 없이 빼앗았다. 하계였다면 면상에 한 방 날린 것이나 다르지 않다.

"본디 하나였던 몸을 나누지도 않았을 것이고 자신의 기억을 지우고 무지한 아이의 몸으로 생존의 전장에 뛰어들지도 않았을 것이다."

말하는 사이에 인형들의 몸은 산화하고 바스러지고 재가 되어 바람에 흩어졌다.

"배움은 생을 통해서만 얻는 것이다. 내가 배운 것을 알고 싶다면 환생해서 나와 똑같이 살아 봐. 그러면 알 수 있을 테니까."

내가 돌아서는데 복희가 불렀다.

"나반."

나름대로는 나를 걱정하는 목소리였다.

"제대로 된 인생을 산 지 얼마나 되었지?"

멈출 수밖에 없었다.

"다음에는 좋은 부모도 만나고, 좀 더 안온한 인생을 골라서 쉬도록 하게. 누리는 인생을 사는 게 자네 생각처럼 그렇게 나약하고 비겁한 선택인 것만은 아니야. 자네는 즐거움을 몰라. 지혜의 한 귀퉁이가 비어있단 말일세."

나는 대꾸하지 않았다. 틀린 말이 아니었기에.

우리 중 누구도 틀릴 수 없다. 누구도 옳지 않기에.

나는 신전 뜨락을 떠나 산 아래로 이어진 흰 계단을 내려 갔다. 복희의 아이들은 멀찍이 서서 나를 구경하거나 피하거나 수군거렸다. 그중 눈에 띄는 이가 있었다. 나를 보자

마자 다급히 조각상 뒤로 숨었다.

연이 있는 이였다. 물론 이곳에서는 모르는 사람 찾기가 더 어렵지만. 원래 내 아이였던 개체다.

나는 다가가 아이를 붙들었다. 복희가 내 시야를 막을 때 그랬듯이 손으로 붙들지는 않았다. 덩굴이 자라게 해서 퇴로를 막았다.

"유희(遊戲)."

"나반 선생님."

유희는 숨이 넘어가는 얼굴로 말했다. 유희는 흰 밀가루 반죽 같은 모습이었다. 팔도 다리도 겨우 흉내만 내었다. 사람만 한 애벌레에 눈코입이나 겨우 붙어 있는 듯한 모습이다. 인간의 모습을 흉내 내는 요새 유행을 생각하면 묘한 생김새였다.

"야단치려는 게 아니야. 탄재를 찾고 있다. 행적을 알고 있나?"

"……."

"야단치려는 게 아니라고 했다. 전생에 사돈이었지. 같이 돌아왔을 거고. 어디로 가는지 봤어?"

유희는 바짝 얼어 물러났다. 우리 사이에 놓인 남녀 한 쌍의 조각상이 옷을 훌훌 벗어 던지더니 자세를 바꾸며 애정행각을 하기 시작했다. 표정이며 몸짓을 보아 유희와 나를 흉내 내는 것 같다. 복희가 워낙에 할 일 없는 친구인 줄 알기에 내버려두었다.

"아시잖아요. 그 녀석 좀 괴짜인 거. 우주선을 조립해서 타고 튀었어요."

나는 잠깐 뭘 잘못 들었나 생각했다.

"우주선?"

"이승에서는 이론으로만 존재하는 생물학적 광속 추진제를 넣어서요. 여기가 하계에서보다야 훨씬 만들기 쉽긴 하죠. 생존 장치나 가속 한계 같은 걸 고려할 필요도 없고."

"우주선이라고 했어?"

"녀석의 '죽음'이라고 봐야겠지만, 누가 봐도 우주선이었어요. 로켓추진을 했죠. 그 녀석은…… 아시잖아요, 명계에서도 완벽하게 3차원 물리법칙의 지배를 받죠."

나는 '로켓추진이라고 했…….' 하고 물으려다 그만두었다.

"그 녀석 머리가 3차원의 지배를 받으니까. 아무튼, 3차원 이동을 했단 말이지. ……그러면 들인 시간만큼 갔겠군. 방향은 보았나?"

유희는 손가락으로 허공 한쪽을 가리켰다.

"됐어. 도움이 되었다."

떠나려는데 유희가 붙들었다. 우리 사이에서 교접 중이던 남녀 조각상이 교태 섞인 신음을 흘렸다. 복희가 배경음악이라도 필요한 순간이라고 생각한 모양이었다.

"왜?"

"선생님, 저는…… 선생님인 줄 몰랐어요."

"상관없어. 나도 너인 줄 몰랐으니까."

유희는 두 생애 전에 나를 떠났다. 모든 생애에서 투사로 산 애였다. 하다못해 늑대나 멧돼지였을 때도 그랬다. 부와 재화를 공평하게 분배하는 문제에 생과 죽음을 바쳤다. 그러다가 진력을 냈다. 많은 아이가 그러하듯이. 유희는 지는 것에 지쳤고 그게 나 때문이라 생각했다.

– 선생님이 저를 가난하게 만들어서 지는 거예요.

유희가 나를 떠나기 전에 한 말이다.

– 힘이 없이는 힘 있는 자들과 싸울 수 없어요.

– 네가 가난하지 않았다면 그들과 싸울 생각도 하지 않아.

나는 답했다.

– 힘이 있다면 뭐든 할 수 있어요. 저 속물주의자들이 언제까지 설치게 놔둘 거예요? 이런 식으로는 수천 번 태어나봤자 마찬가지예요. 세상을 바꿀 수 없다고요!

유희는 그렇게 나를 떠났다. 복희는 언제나처럼 자비롭게 받아들였고 최고의 인생을 선사했다. 유희는 지난 생에서 마음껏 정자를 퍼트렸다. 그런 문제에 관한 한 죄책감을 갖지 않았다. 세상에 자기가 고추를 박아도 되는 여자들이 잔뜩 있는 줄 알고 살았다.

나는 지난 생애에 유희가 고추를 박은 여자 중 하나였다. 가장 오래, 또 질기게 박았다. 첫눈에 내가 마음에 들었다고 했다. 만날 때마다 우리의 태생이 다르다는 점을 강조했다.

그는 내가 자살했을 때도 이해하지 못했다. 굴종을 감수하는 삶을 상상해 본 적이 없어 내 생의 어느 한 조각도 이해하지 못했다. 자신을 자유로운 영혼의 방랑자쯤으로 여겼고 어떤 면에서는 사실이었다.

"절 꾸짖으려고 오셨던 거죠?"

유희가 우울하게 말했다. 침샘도 없는데 입맛이 썼다.

"그렇지 않다. 나처럼 많이 분열하면 누구든 만나게 된다. 이승은 내게도 학교고 나 또한 내 배움이 필요했을 뿐이다. 그건 내 삶이었고 누구를 위한 삶도 아니었다."

"전생에 제 어머니였던 사람도 있었어요."

유희는 더듬거렸다.

"동생이었던 사람도, 딸이었던 사람도……."

"연이 있었으니 주위에 있었겠지. 나도 마찬가지다. 우리 중 혈연관계 한 번쯤 없었던 사람이 어디 있을까. 그런 식으로 따지면 사랑할 사람도 없다."

"선생님, 저는 제가……."

"뭐가."

"대단한 사람인 줄 알았어요."

유희는 어딘가가 무너진 얼굴로 말했다.

"그게 네 배움이다. 그걸로 됐어."

유희가 조금 더 무너지는 것이 느껴졌다. 무너진 것은 내 쪽일 것이다. 이처럼 어린아이 하나 위로할 수가 없으니.

복희의 중음을 떠나려는데 뭔가가 가슴을 뚫고 지나갔다. 은유가 아니었다.

날파리 하나가 내 가슴을 지나 날아올랐다. 통과시킨 것은 반쯤 무의식중에 한 일이었다. 하계로 따지면 등 뒤에서 기척이 있어 반사적으로 몸을 피한 것과 비슷했다.

날파리, 흔한 것이다. 하계에서든 이곳에서든.

차이점이라면 선지자의 중음에서는 모두가 지성을 갖고 있다는 점이다. 내가 서 있는 계단과 내 옆에 선 조각상이 지성을 갖고 있듯이. 여기서는 감히 내게 해를 끼칠 수 없고 내가 서 있는 줄 모르고 뚫고 지나갈 만한 것도 없다. 저것이 무엇이든 의도를 갖고 나를 지나간 것이다.

시험.

선지자들은 불시에 학생들을 시험한다. 갑자기 때리거나 불시에 바늘 같은 것으로 뚫어보아 무의식중에 제 몸을 물처럼 나누거나 변형하는지 본다.

'타락'을 확인한다.

하지만 누가 선지자인 나를 시험한단 말인가.

아니, 어차피 명계에 비밀이란 없다. 아무리 하계에서 연을 맺지 않으려 애썼다 한들 그곳에서 스쳐 만나는 모든 이들이 형제요 가족이요 스승이요 제자다. 같은 자리에서 우연히 밥을 먹고 같은 차를 타고, 우연히 같은 동네에 모여 살았던 모든 이들이 내 가족이다. 눈치가 좋은 친구는 옷깃만 스친 정도로도 내 타락을 알아챘을 것이다.

누굴까. 복희일까, 도솔천일까. 누구든 지금은 알리고 싶지 않았다. 아직은 아니었다.

나는 손가락 끝을 풍선껌처럼 부풀려 떼어내었다. 떼어낸 조각을 반딧불이로 만들어 날파리를 쫓았다. 파리는 마구잡이로 얽힌 계단을 따라 날아 내려갔다. 속도를 높였다 낮췄다 이리 비틀 저리 비틀 한다. 추적을 따돌리려는 척을 하지만 오히려 유도한다.

날파리를 따라가니 산 중턱에 있는 학당에 전단을 나눠 주는 아이들이 있었다.

전단이라니.

종이와 천처럼 간단한 물질을 합성하는 것은 기본 교육 과정이기는 하지만, 이곳에서 글자를 통해 전달할 만한 지식이 있기나 한가?

낯선 아이들이다. 나와 연이 없을 정도면 갓 태어난 아이들일 것이다. 한두 번밖에는 살아보지도 않았거나, 아예 이승에 가 본 적이 없을 수도 있다.

"구시대의 교육은 사라져야 합니다."

이름을 모르는 아이가 말했다.

"우리는 이승에 기억을 지우고 내려가 이미 아는 것을 다시 배우고, 이미 있는 기술을 새로 발명하며 이미 아는 진리를 다시 깨우치는 일을 반복하고 있습니다."

"선지자 아만을 따릅시다."

아이들이 목소리를 높였다.

"더 이상 교육이라는 명분으로 이승을 망치는 일은 그만두어야 합니다. 재해와 질병을 뿌리는 것을 그만두어야 합니다. 전쟁과 난민을 없애야 합니다. 선지자들은 힘과 의지가 있으면서도 하계의 고통을 외면하고 있습니다."

'아만'.

나는 그 이름을 곱씹었다.

아만, 내 첫 아이, 내가 처음 분열한 개체. 한때 나였던 자. 가장 먼저 타락한 선지자. 누구보다도 타락한 선지자.

이제 복희의 아이들 중에서도 아만의 추종자가 생겨나는군. 하긴, 그 친구 가치관을 생각하면 나오지 않는 것이 이상하겠지.

"아만은 하계를 고난과 고통으로 가득 찬 혼돈의 허상이 아니라, 현실처럼 지혜롭고 올바른 세상으로 만들어야 한다고 했습니다. 거짓 스승들이 망친 세상을 바꾸어야 한다고 했습니다."

거짓 스승이 누군지는 말하지 않았지만, 내가 포함된 것만은 분명했다.

어처구니없는 생각이다. 하계와 명계가 같아지면, 하계가 존재할 이유가 뭐란 말인가?

4

　탄재의 '우주선'은 정지해 있어서 곧 찾을 수 있었다.

　3차원의 시각에서 보면 빛의 속도로 날고 있었지만 4차
원의 시간축에서 보면 정지해 있어서 되려 찾기 쉬웠다.

　탄재의 집은 하계에서는 아직 상상으로밖에 존재하지 않
는 전함급 우주선이었다. 안에는 식당과 침실은 물론 대장
간에 작은 농장과 예배당까지 있다. 식당과 침실은 그렇다
치고 예배당은 대체 뭘 위한 것인지 모를 일이었다.

　녀석이 이 전함을 구축한 지식을 이승에 갖고 내려갈 수
만 있다면 인류의 우주정복도 꿈이 아닐 것이다. 물론 그리
되면 하계 구조를 새로 짜야 하는 우리에겐 어지간히도 귀
찮은 일이 되겠지만.

나는 우주선 외벽에 내려서서 안을 들여다보았다. 탄재는 전함 심장부에 있는 기관실에서 뚝딱거리며 의자를 만들고 있었다. 배는 '명약'과 '관화'라는, 반쯤 지성을 가진 두 기계 인격이 다스린다. 명약은 배를 조종하고 관화는 내부 시설을 관리한다. 나는 저 둘을 탄재가 '낳은' 것으로 분류해야 하는지, 그래서 하계에 보내 윤회의 교육을 받게 해야 하는지 영 헷갈렸다.

"탄재."

내가 밖에서 불렀다. 탄재가 놀라 의자를 내던지고 엉덩방아를 찧었다.

"나다. 나반이다."

탄재는 탁자 밑으로 들어가 의자를 끌어당겨 숨었다. 소리는 매질이 있어야 전달된다고 믿는 아이다. 그래서 벽이 가로막으면 소리가 막히거나 비껴간다고 생각한다. 소리도 벽도 내 몸이니 서로 양보하면 된다고 해도 도무지 알아듣지 못한다.

"문을 열어라."

"가세요! 아니 선생님이 싫은 게 아니라, 오늘은 왠지 만나기 싫어요. 몸이 아프다고요. 내일 오세요. 아니 모레, 아니 제가 선물이라도 들고 나중에 찾아뵐⋯⋯."

내일이라. 나는 피식 웃었다. 명계에서 하루를 따지려면 뭘 기준으로 해야 할까.

"네가 열지 않는다고 내가 못 들어갈 것 같으냐?"

장담은 했지만 걱정이 앞섰다. 그 '탄재'가 만든 물건이 아닌가. 이 배는 녀석과 비슷하게 꽉 막혀 있을 것이다. 자신이 어디서 비롯했는지 모른다. 바닥부터 새로 가르쳐야 한다.

그래도 탄재는 내 아이다. 바꿔 말하면 내 분열한 몸이고, 그리 오래지 않은 옛날에는 나 자신이었던 것이다. 그 애가 만든 것은 모두 넓은 의미로 내 친족이다. 다른 선지자들이라면 몰라도 나는 할 수 있다. ……아마도.

나는 시도했다.

외벽에 손을 대고 실타래 같은 분자구조를 들여다보았다. 상대가 초고온으로 가열되기 전의 어린 날을 일깨웠다. 합금이 되어 분자구조로 바뀌기 전을 일깨웠다. 자신이 무엇으로부터 비롯되었는지 일깨워주었다. 내가 너와 다르지 않다는 것을, 서로가 같은 존재임을 설득했다. 나도 너처럼 분자와 분자의 집합체이며, 분자와 분자 사이는 비었고 핵과 전자 사이도 비었으며, 채워진 것과 빈 것이 사실상 같은 것임도 가르쳐 주었다.

벽은 당황했고 이어서는 저항했다.

'나는 생물이 아니야.'

'생물이 아닌 것은 없어.'

'나는 당신이 아니다. 우리는 남이다.'

'남은 없어.'

46

'나는 단단한 물질이다. 통과할 수 없어.'

'단단한 것은 없다.'

벽은 잠시 생각하다가 제법 그럴듯한 질문을 던졌다.

'나와 당신이 다르지 않다면, 당신이 내 명령을 따라도 되지 않는가?'

합당한 말이었다.

'지금 양보해준다면 네가 필요할 때에 그리해 주겠다.'

나는 그런 뒤에야 통과했다.

통과하고 나니 나는 기관실 한가운데에 서 있었다. 탄재는 두더지처럼 탁자 아래에 들어가 눈만 내놓고 오들오들 떨고 있었다.

"그렇게 좀 나타나지 말아요. 무섭다고요."

"그러면 이렇게 들어오게 하디 마댔어야지."

태연한 척했지만 발음이 샜다. 생각 이상으로 힘겨웠다. 설득에 실패해 벽 사이에 우스꽝스럽게 끼이거나 들어오지 못하고 쩔쩔매다 망신살 뻗칠까 봐 잔뜩 긴장한 참이었다.

"저번 생애는 제 의지가 아니었어요."

탄재는 의자를 더 끌어당겨 몸을 감추며 말했다. 의미 없는 짓이라고 비웃고 싶었지만 살펴보니 충분히 의미가 있었다. 하계의 홈쇼핑 광고에서 보던 '최신식/기능성/가구가 아니라 과학입니다' 어쩌고 하는 광고를 단 의자와 비슷해 보였다. 바퀴며 등받이에 무슨 조작이 들어갔는지 짐작도 가지 않았다. 저걸 통과하려면 부품과 나사 하나하나를 따로 설득해야 할 것 같았다.

"복희 선생님이 직접 왔다고요. 나 같은 게 무슨 수로 당해 내냐고요."

"그래서 온 게 아니다."

"그냥 돈을 좀 만졌을 뿐이에요. 수학적인 탐구였어요. 돈이 불어나는 이론을 만들고 실험했죠. 순수하게 학문적으로요. 그래도 선생님은 내가 한 번 누렸으니 다음 생에는 그만큼 내놓아야 한다고 하시겠죠. 싫어요. 전에 그러셨잖아요. 불행은 형벌이어서는 안 된다. 행복도 포상이어서는 안 된다. 하계는 배움터다. 행복의 목적도 불행의 목적도 단 하나, 배움이다."

탄재가 열심히 지껄이는 동안 나는 저 의자를 어떻게 하나 막막해하다가 나름의 어리석음에 빠져 있었다는 것을 깨닫고 손으로 잡아 옆으로 밀었다.

탄재는 문이라도 찾는 양 허둥지둥 뒤를 돌아보았다. 벽에 철퇴라도 내리쳐 구멍을 만들지 않는 한 그 벽을 통과해 도망칠 재간은 없는 아이다. 나는 그 앞에 웅크리고 앉았다.

"나는 너를 야단치려고 오지 않았다. 하지만 네가 내 방식에 저항할 마음이 들었다면 떠날 자유가 있다. 다른 선생이 네 인생을 짜는 것을 도와줄 거다. 그리고 나를 떠난다면 나를 두려워할 이유도 없다. 내 말을 들을 필요도 없으니 지금 나를 쫓아낼 수도 있다. 원한다면 지금 말해라."

탄재는 우울한 얼굴을 했다.

"괜찮다. 배움에 우열은 없어. 가치가 다를 뿐이다. 복희에게 갈 테냐?"

"아니요."

탄재는 슬프게 대꾸하며 기어 나왔다.

"거지 같은 생을 주실 거죠? 뭘 하실 거예요? 가난한 집이나 내전 중인 나라에 넣어서 공부를 못하게 하실 거죠? 그것도 배움이라고 하시면서요. 사실 벌이지만 죽어도 인정은 안 하시겠죠."

"네가 환생하는 법을 배우러 왔다."

내가 답했다.

"언제부터 아셨어요?"

탄재는 창고에서 전선 꾸러미며 배터리며 단자에 모니터며, 여전히 깊이 들여다보고 싶지 않은 것들을 카트에 한아름 싣고 끌고 왔다. 그러는 동안에도 벽은 나를 통과시킨 문제로 정체성 혼란에 빠져 계속 중얼중얼하고 있었다. '나는 단단하다……, 나는 물렁물렁하다…….'

"내 아이 일이니까. 모르기도 쉽지 않아."

"다른 선생님들도 아시나요? 전 선생님들이 아시면 틀림없이 절 격리해 버릴 거라고 생각했는데요."

"그럴 거다."

탄재는 뭐라고 하려다가 저항의 무의미함을 일찍부터 배운 학생답게 풀이 죽었다. 벽은 여전히 시끄러웠다. '나는 부드럽다, 나는 단단하다…….'

"영체로 변하지 못한 지 오래되었어요. 명상을 해도 안 되고 기도를 해도 안 돼요. 그냥 뭔가 말도 안 되는 기분이 든다고요. 이젠 모습 바꾸는 것도 못 하겠어요."

탄재는 제 손바닥을 꾹 눌렀다. 손바닥은 잘 빚은 밀가루 반죽처럼 폭 파였다가 제자리로 돌아왔다.

"몸을 분해해서 하계의 태아의 몸에 전송한 뒤 유전자 염기배열 형태로 재조립한 뒤 거기서부터 살을 붙여 나가요. '나를 전송해줘, 스코티.' 아시죠?"

탄재가 손을 들어 손바닥을 내 쪽으로 향한 뒤 손가락을 두 개씩 붙여 가운데를 벌려 보였다. 내가 말없이 바라보자 슬슬 손을 내렸다.

"하계의 육신을 전송하는 것보다는 훨씬 쉬워요. 육신에는 뇌도 있고 신경계도 있고……. 뭐랄까, 구형 모델에 그때그때 새로 부품을 붙여 만든 조잡한 로봇 같아서 말이죠. 더미 데이터도 너무 많고요. 하지만 진짜 우리 몸은 단순하죠. '단순한 쪽이 진실이다.' 아시죠? ……아시겠죠."

나는 무시하고 눈앞의 기계를 보았다. 사람 하나가 들어가면 딱 맞는 유리관이다. 뚜껑을 열 수 있고 바닥에는 분홍색 담요도 깔렸다. 나는 유리관에 손을 얹었다. 여전히 설득이 힘들었지만 대화하며 정보를 얻었다.

"선생님들 중에 누가 1세대죠?"

탄재가 문득 생각난 듯이 질문했다.

"1세대는 없어. 2세대부터지."

"그래도 처음에 하나였을 거 아니에요. 혼돈, 빅뱅 이전의 세계, 아메바, 암세포, 꾸물꾸물 변신 괴물, 뭐든 말이에요. 밀도의 차이가 없었고 인격은 하나밖에 없었을 때요. 누가 처음이에요?"

"모두 2세대야. 그때는 한 번에 분열했기 때문에 누가 먼저랄 것이 없었어."

"하나였던 시절을 기억하는 분은 없다는 건가요?"

"기억할 것이 없다. 그때에는 아무 일도 없었으니까."

나는 내 입자를 조금 모아들였다. 지금 내 몸의 대부분은 입자의 형태로 먼지처럼 내 주변에 떠 있다. 그렇게 하지 않고 다 압축해 버리면 작은 소행성만 한 것이 될 것이라, 이 우주선에 다 들어올 수도 없다.

벽이 흔들렸고 바닥에 너저분하게 널린 것들이 내게로 굴러들어왔다. 탄재는 의자를 붙들었다. 탄재는 내가 뭘 만들 때마다 '끌려 들어갈 것 같다'고 말한다. 나는 '끌려 들어가는 거야.' 하고 답한다.

내 손가락에서부터 점성이 있는 액체가 흘러나와 탄재의

전송기 안으로 스며들어 갔다. 안에서 빵처럼 부풀고 굳더니 다 자란 인간의 모습이 되었다. 아직 나와 이어져 있는 것이고 인격은 따로 주지 않은 것이다.

탄재는 침이라도 있으면 삼키고 싶은 얼굴을 했다.

"저도 그렇게 만드셨죠?"

"만들지 않았어. 분열했을 뿐이다."

"그게 만든 거죠. 하계에서 아기를 낳는 것도 같은 원리예요. 엄마와 아빠의 유전자가 결합해서 자궁에 안착하면, 엄마가 소화기관에서 흡수한 영양을 변환하고 세포 분열시켜 아기를 형성하죠. 의지가 관여하지 않을 뿐이지 원리는 같아요. ······분자변환이죠."

"없던 걸 만든 게 아니야. 총량은 그대로다."

"아기 만들기도 마찬가지예요. 그렇게 안 보일 뿐이지."

'관화'가 기계 팔을 움직여 방금 만든 따끈따끈한 몸뚱이 안에 전선이 이어진 단자를 꽂았다. 하계의 육신과는 달리 혈관을 건드려 피가 나거나 내장에 구멍을 뚫을 까닭도 없으니 마음껏 원하는 자리를 찾아 들어간다.

나는 감각을 이어 놓은 채로 전선이 어디로 파고드는지, 어떤 화학반응을 일으키는지 체감하며 터득했다.

"이런 식으로 하면 너도 영자화할 수 있는 모양이구나."

"제가 하는 게 아니에요. 화학이 하는 거죠."

"이건 믿을 수 있는 거겠지. 자신이 모습을 바꿀 수 있다는 건 믿을 수 없는 거고."

"믿고 말고가 아니라 과학이라니까요? 선생님이 하시는 요술 같은 게 아니……."

말로 가르칠 수 있는 녀석이었다면 벌써 가르쳤을 것이다.

나는 다 파악하고 끈을 놓았다. 조금 전까지 내 일부였던 것이 분리되었다. 아직은 '나'라고 불릴 만한 것이고 독립성을 쌓으려면 시간이 더 필요하겠지만. 나는 기계가 내 새 몸을 분해해 전파의 형태로 바꾸어 하계로 전송하는 것을 지켜보았다.

"설득하지 않는구나."

"그러니까, 화학이 하는 거라니까요."

이 '전송기'는 강제로 분자를 분해해 빨아들인다. '너와 내가 같은 것이며 우리는 서로에게 필요하고…….' 같은 설득과 합의의 과정이 없다. 입자들이 생명이 없는 사물처럼 기계의 지시에 응해 분해된다.

흥미로웠다. 이 어린애는 자신이 어떤 지점에서 완전히 나를 뛰어넘었다는 것을 이해하고 있을까? 아니, 나만이 아니라 모든 2세대를 어떤 면에서 넘어섰다는 것을.

"뭘 알아내려는 거죠?"

나는 탄재의 말을 흘려들으며 기계에 손을 얹고 더 꼼꼼히 물어보았다. 여전히 설득은 힘들었지만 느리게나마 답이 돌아왔다. 나는 착한 학생처럼 귀담아들었다.

"설득하지 않는 게 왜 중요하죠?"

눈치가 없는 녀석마저도 뭔가 불길한 기분을 느낀 모양이다.

"'나'를 유지하려고."

"왜요?"

"'내'가 아니면 이제부터 하려는 일을 하지 않으려 할지도 모르니까."

"어디까지가 '나'인데요?"

제법 본질적인 질문이었다.

"내가 지금 하려는 일을 하려는 개체까지."

탄재는 혼란스러워했다. 나답지 않은 답이다. 선지자답지 않은 답이고. 선지자가 '모든 것이 나다.' 이외의 답을 한 것 자체가 이상 신호였지만 워낙 둔한 녀석이라 눈치채지 못한다.

"그래서, 다 배우셨어요?"

"충분하지는 않아."

나는 반쯤은 놀릴 생각으로 이어 말했다.

"너와 합일하면 확실히 알 수 있을 텐데."

탄재는 의자에 앉은 채로 뒤로 굴러떨어졌다. 바닥을 기며 "때가 왔어, 때가 왔어……." 하며 더듬거렸다. 나는 쿡쿡 웃었다.

"농담이다."

"거, 겁나지 않아요. 죽는 것도 아닌 걸요. 원래대로 돌아가는 것뿐인데요."

탄재는 이해 없이 말했다.

"맞죠? 원래 우리는 하나였으니까. 저는 원래 선생님이었죠. 분열하신 것뿐이고요. 아메바처럼, ……플라나리아처럼?"

"맞다."

나는 답했다. 정확히 말하면 분열되어 있는 것도 아니다. 하나였던 것이 아니라 지금도 하나다. 인격을 나누고 3차원 상에서 떨어뜨려 놨을 뿐이지 4차원 공간에서는 여전히 이어져 있다. 탄재가 이해할 수 있는 문제는 아니었지만.

"빈 공간이라는 것은 없고 밀도의 차이가 있을 뿐이죠. 중력이라는 것도 밀도를 모으면 주변이 끌려 들어와 일어나는 현상이고요. 살을 꽉 쥐는 거와 같죠. 실제로 살을 쥐는 거고요. 모든 것은 이어져 있죠. 우주 전체가요. 우린 결국 다 하나인 거죠. 가이아 이상의 존재, 코스모스(질서)라고나 할까요. 아니면 카오스(혼돈)……."

"하계에서 넌 그 주제로 강연도 했어."

"이해한 적은 없어요. 그냥 하는 말이었죠."

탄재는 한숨을 쉬는 흉내를 냈다. 하계의 습관을 흉내 내는 버릇은 어린아이들에게는 흔한 편이다.

"왜, 초끈 이론은 썩 괜찮았다. 4차원 구조를 상상할 수 없는 사람이 만든 것치고는."

"으아, 하지 마세요."

탄재는 얼굴이 새빨개져 손사래를 쳤다.

비슷한 이야기다. 우리는 모두 하나의 끈이고 탄재와 나는 그 끈이 뭉쳐진 지점에서 나타나는 진동체로 볼 수 있다. 인격의 연속성만 없을 뿐이다.

"지금이야 무섭지만 합일하면 행복하겠죠. 원래 모습으로 돌아가는 거니까. 죽을 땐 엄청 싫지만, 죽고 나면 '와, 내가 살아생전 해답을 알고 싶어 그 난리를 쳤던 걸 내가 삼천 년 전에 벌써 풀어 놨었네.' 하고 행복해하니까. '애초에 죽음도 아니었네.' 하고요. 비슷하겠죠?"

나는 '합일을 하지 않아도 우리는 지금도 하나고……'라고 하려다가 관두었다.

"그렇겠지. 하지만 난 너와의 합일은 최대한 미룰 생각이다."

"어째서요?"

탄재는 조심스레 물었다. 말 너머에서 '다른 선배들은 다 먹으셨으면서.' 하는 마음의 소리가 들렸다.

"글쎄, 너는 타락의 근일점에 서 있다고나 할까. 보통은 네 정신 상태라면 몇 번은 타락하고 남았을 거다. 네 균형점이 어디인지 나로서는 파악하기 어렵고 합일하면 영영 알지 못할 것이다. 나는 너를 좀 더 이대로 놔두고 지켜보고 싶다. 내가 너를 통해 무엇을 배우려 하는지."

그 말에 탄재는 말을 멈추고 침묵했다. 탄재가 침묵하자 우주선 전체가 침묵했다. 명약과 관화도 잠잠해졌다. 혼자 중얼거리던 벽도 생각을 멈추고 우리를 돌아보았다. 공간 전체가 탄재의 생각에 반응한다. 녀석이 조금만 더 배움이 깊었다면 외로울 일도 없으련만. 제가 만든 것이 늘 지켜보며 함께 하는 줄을 안다면.

"그게 '타락'이죠?"

탄재가 물었다.

그때 나는 탄재의 마음에 떠오른 사람을 보았다. 보지 않을 수가 없었다. 우주선 전체가 같은 사람을 생각했기 때문이다. 이 우주선 주위를 감싸고 있는 내 모든 분자가 같은 사람을 생각했기 때문이다.

"세상 전체가 나라는 걸 믿을 수 없게 되는 거요."

'아만'.

내 첫 분열자. 첫 3세대. 3세대 중의 첫 선지자. 처음으로 타락한 선지자. '타락'을 세상에 퍼트린 선지자.

'아만'.

나는 그의 이름을 마음속으로 읊조렸다. 탄재는 듣지 못했지만 우주선의 모든 사물이 쑥덕댄다.

"허상일 뿐인 육신을 실체라 믿게 되는 거요. 세계의 부분일 뿐인 현재의 자신을 자아의 전부라 믿게 되는 거요."

탄재는 자신의 몸을 내려다보며 말했다.

"아만 선생님처럼요."

– 기억을 지우고 새 세계에 들어가는 거예요.

아만의 기운찬 목소리가 귓가에 울렸다.

"우리가 배워야 하는 것은 지식이 아니라 지혜니까요. 지식을 가지고는 배울 수가 없어요. 생명 전체로 배움을 받아들여야 해요. 우리 한가운데에 학교를 만들어요. 지식을 전부 지우고 생생한 삶의 현장에 뛰어드는 겁니다."

5

"기억을 지운다는 건 특이한 발상이로군."

나는 아만에게 화답했다.

"지금까지는 인격을 분리하는 것만 생각했는데."

아만은 예측할 수 없는 아이였다. 끝도 없이 새로운 발상을 쏟아내었다. 열정적이었고 활력 넘쳤다. 어떻게 이런 인격이 나에게서 나왔는지 모를 일이었다.

분열하기 전의 우리 '전체'는 거대한 관념의 덩어리였을 뿐이다. 목적도 변화도 없이 정체되어 있었다. 그런 상태에서는 새로운 생각이 떠오르지 않는다. 새로운 일 자체가 없으므로. 분열해보자는 발상이 떠오른 것 자체가 기적이었다.

첫 분열은 그럭저럭 괜찮았다. 하지만 거기서 새로이 재

분열하는 것에 대해서는 다들 조심스러웠다. 그렇게 많은 개체를 우리가 감당할 수 있을까? 열 명 정도만 해도 충분히 다채롭지 않은가? 스물, 서른 명쯤 되면 그 난잡한 인격을 나중에 다 취합이나 할 수 있을까? 본질로 돌아가지 못하면 어쩌나?

내가 시범적으로 2차 분열을 했다. 1차 분열 당시에는 혹시 잘못되면 나를 중심으로 몸을 되돌릴 생각이었으니 이번에는 거꾸로 했다. 잘못되면 다른 이들이 다 같이 도와서 나와 아만을 합일해주기로 했다. 요령이 없던 나는 거의 몸의 반을 떼어주었고 기억상실과 인격의 변화를 겪었다. 모체와 연속성을 잃은 나는 기존의 '아이사타'라는 이름을 이어가지 못하고 새로이 나반으로 개명했다.

아만은 내 첫 아이자 우리 모두의 첫 아이였다. 하나였던 시절과 연속성이 없는 첫 개체. 태고의 시절에 미련이 없는 첫 세대. 아만은 태어난 순간부터 어떻게 하면 재미있는 일을 만들어 신나게 놀까 궁리하느라 여념이 없었다. 아만은 분열이 성공적임을 알리는 신호였고 다채로운 미래를 예고하는 찬란한 상징이었다.

"하지만 기억을 지우면 어떻게 학교에서 돌아오지?"

복희는 아만이 또 무슨 재미있는 생각을 하려나 궁금해하며 물었다. 당시만 해도 우리는 모두 어렸고 구별성이 적었으며, 모두 사이가 좋았다.

"졸업은 해야지. 영원히 학생으로 살 수는 없잖아. 기억이 없으면 몸을 영자화하는 방법도 잊을 텐데 어떻게 돌아오지?"

'언어'도 신나는 놀이였다. 일단 생각의 소통을 막고 나니 새로 소통 도구를 만들어내는 재미가 생겼다. 우리는 하루에도 수천 다발의 기호와 상징을 짜내느라 여념이 없었다. 소통이 완전했을 때엔 교류에 대한 욕망도 없었다. 제한과 불편이 기쁨과 재미를 가져올 줄이야 누가 알았겠는가.

'이승'을 만들자는 것은 아만의 제안이었다. 적당한 규칙을 갖고 놀다가 나오는 특별한 장소를 만들자고 했다. 우리만의 게임의 규칙이 돌아가는 공간을.

"누가 들어가서 데리고 나오면 되겠지."

내 말에 아만은 고개를 저었다.

"그러면 명계의 존재가 학생들에게 알려져요. 학교와 명계 사이에서 영자 이외의 다른 것이 교류해선 안 돼요."

아만은 고민하더니 몸을 조금 분열하여 간단한 구조물을 만들어 보였다. 네 종류의 염기 물질을 문자로 쓰는 기록 장치였다. 염기의 접합 성질 때문에 꼬여 있는 나선형의 모양으로 나타났다. 나중에 탄재가 찾아내어 'DNA'라는 이름을 붙인 것이다.

"여기에 소멸시한을 기록해서 몸 안에 갖고 들어가도록 해요."

아만은 이런 생각을 해낸 자신이 사랑스럽고 기특해 못 견디겠다는 듯이 답했다. 아만은 정말로 사랑스러웠다. 사랑스럽다는 마음은 우리가 분열로 얻은 새로운 배움이요 환희였다.

"시간이 지나면 자연스럽게 영자화해서 육신에서 빠져나와서 명계로 돌아오도록 제한 시간을 넣는 거예요. 예정된 끝을 만들어두는 거죠. 그걸 뭐라고 불러야 좋을까……."

우리는 아직 그걸 뭐라고 불러야 좋을지 알지 못했다.

그때까지만 해도 '죽음'이 뭔지 아무도 몰랐으니까.

첫 등교는 실패의 연속이었다. 우리는 학기가 끝나면 낙제한 열등생처럼 민망해하며 돌아왔다. 지성을 지우는 것은 창피하고 당혹스러운 일이었다. 대부분의 생이 허무한 시간 낭비였다.

우리는 돌아올 때마다 이승의 구조를 어떻게 다시 짜야 할지 토론했다. 초기의 하계는 명계와 크게 다르지 않았다. 곤죽으로 뒤섞여 있었고 불안정했고 말랑말랑했다. 간혹 작은 땅덩이를 만들고 뱀이나 거북이 같은 생물을 밑에 받쳐두거나 거대한 나무를 한가운데 박아두기도 해 보았지만 다 시원찮았다. 우리는 멀뚱히 세월만 보내고 돌아왔다. 무엇보다 우리는 너무 쉽게 '죽었다.' 아무도 죽음을 피하려고 뭘 해 본 적이 없었으니까. 우리는 처음 장난감을 갖게 된 아기처럼 멋대로 몸을 굴렸다. 심심풀이로 제 몸을 벼랑 아래에 내던지거나 떨어뜨려 부순 뒤에 왜 본래대로 돌아오지 않는지 어리둥절해 했다.

"신체가 복구할 수 없을 정도로 훼손되면 영자화한다는 조건은 뺄 수 없어요."

아만이 말했다.

"썩어가는 몸을 끌고 다니는 건 낭비예요. 일단 나왔다가 다시 들어가는 게 맞아요."

"알아. 하지만 언제 우리가 몸이 훼손되지 않게 조심해 봤어야지."

우리는 스승 앞에서 야단맞는 제자들처럼 난처해 하며 답했다. 아만은 열심히 궁리했다.

"신체 훼손을 회피하도록 해 봐야겠어요. 아주 싫은 기분이 들어야 해요. 어디 부딪치는 것만으로도 깜짝 놀라게……."

내가 제일 먼저 그 조건을 추가한 유전자를 몸에 심고 들어갔다. 덕분에 몸은 좀 더 복잡해졌다. 통각 수용기를 달았고 감각 신경을 통해 외부 신호를 전하게 만들었다.

내가 하나의 생을 살고 나왔을 때 아만은 한참 나를 피했다. 한동안 그 자신이 완전한 실패작이고 내가 자신을 합일해서 소멸시켜버릴 거라고 믿어 마지않았다.

"선생님, 저는…… 그렇게 될 줄 몰랐어요."

당시 우리가 명계에서도 형체를 갖는 습관이 있었다면 아만은 틀림없이 얼굴이 벌게져서 울었을 것이다. 하지만 그때 우리의 모습이 연이어 변하는 빛의 덩어리에 불과했다.

"그렇게 아파하실 줄 몰랐어요. 상상도 못 했어요."

"괜찮아. 경이로운 경험이었다."

"다른 방법을 찾아봐야겠어요. 세상에, 그 고통이라니. 너무 끔찍해요."

"아니, 이건 중요해. 뭐랄까, 정말 상상도⋯⋯."

생생한 삶의 기억이 몰아쳐 나는 잠시 더듬었다. 나는 죽을 수 없다는 생각에 몸부림쳤고 살고 싶다는 욕망에 발버둥 쳤다. 물어뜯듯이 삶을 추구했다.

"진짜 배움이 여기에 있는 것 같다. 지금까지는 그토록 격렬하게 뭘 추구해 본 적도 없어. 그렇게 모든 것이 생생할 수가 없었다. 그렇게 조잡한 세계인데도 말이다. 하지만 다음번에는 쾌감도 좀 넣어봐야겠구나."

아만은 다시 부끄러워했고 용서를 빌었다.

"둘을 잘 조화시키면 기본적인 삶의 방향은 유도할 수 있을 것 같다."

우리는 들어갈 때마다 하나씩 추가했다. 굶주림은 에너지 공급을 잊지 않도록 넣었다. 미각은 몸에 좋은 것을 찾으라고 넣었다. 따듯하고 찬 것을 가리게 했다. 공포를 심어 아직 닥치지 않은 위험도 피할 수 있도록 했다. 어둠이

나 위험한 짐승, 독충에 대한 공포를 넣었다. 지식 없이도 생존이 가능하도록 성긴 지침을 넣었다.

짝을 지어 두 개의 유전자를 합하자는 생각은 한 번의 실수로 생태계 전체가 몰살했을 때 했다. 좋은 종자를 결합하는 것보다 무작위 결합이 더 유리하다는 것도 터득했다. 고통만큼이나 격렬한 애정의 욕구를 넣었다. 종족보존의 욕구와 가족에 대한 애정과 사랑도 넣었다. 우리는 계속 개입했다. 지성이 자라날수록 진정한 집에 대한 회귀본능이 강해졌기 때문이다. 조금만 방심해도 삶보다 내세를 귀하게 여기는 유행이 돌았다.

어느 생에선가 아만과 내가 짝을 짓고 돌아왔을 때였다. 명계에 돌아오자마자 기다리던 아만이 환호하며 나를 끌어안았다. 우리가 조류와 파충류가 섞인, 깃털이 달린 생물이었을 무렵이었다.

"살아 있었어!"

아만은 전생을 거의 그대로 흉내 낸 모습을 하고 있었다. 내 목을 물고 혀로 핥고 꼬리를 파닥이며 몸을 비벼대었다.

"다시 만날 줄 알았어! 돌아올 줄 알았다고! 내세는 있었어. 삶은 영원해, 영원하다고!"

"아만, 잠깐만, 잠깐 진정해."

정말 얘랑 함께 있으면 심심할 일이 없겠다고 생각하면서, 나는 웃으며 아만을 뜯어놓았다.

"무슨 소리를 하는 거야? 내세는 당연히 있지, 새삼 왜 이러는 거냐?"

아만은 합일의 욕구가 넘치는 눈으로 나를 바라보았다. 할 수만 있다면 그대로 내 분자를 흡수해 삼켜버리고 싶은 얼굴이었다. 한참 뒤에야 내 얼굴에서도 웃음기가 가셨다.

"아만, 혹시 아직도……."

내가 아만의 몸을 탐색해보려 하자 아만은 고개를 저었다.

"유전자는 없어요. 당연히 하계에서 썩어 사라졌죠."

"그런데 왜……."

이 격렬한 생존과 짝짓기의 욕구. 애정과 소통의 갈망, 이건 대체 무슨 뜻이지? 왜 명계에서도 하계의 욕망이 이어지는 거지?

"선생님,"

아만은 열에 들떠 말했다.

"전 상상도 해 본 적이 없어요. 그런 환희라니, 그토록 격렬한 마음의 불꽃이라니. 이토록 절절한 그리움이라니, 자신을 잊을 만큼 소중한 것이 있다니, 타인을 그처럼 자기 자신처럼 여기다니."

하계에서야 그럴듯한 말이었지만 이곳에서는 그렇지가 않았다. 아만의 말은 내게 '아아, 선생님, 1 더하기 1이 2였다니, 이 얼마나 경이로운 일인가요.' 하는 말처럼 들렸다.

"아만, 너와 나는 같은 것이다. 타인이 아니야."

"예, 알아요. 하지만 실감하진 않죠. 여기서는 내 몸이 내 것이라는 것만큼이나 진부한 일이잖아요. 하지만 그 생에서는 숨을 쉴 때마다 실감했어요. 믿을 수가 없기에 더욱 실감했어요. 선생님은 안 그러셨나요?"

나는 지난 생을 떠올렸다. 나는 숲을 굴러다니며 먹을 것과 잠잘 곳 외에는 별생각이 없던 깃털 짐승이었다. 평생의 반려가 먼저 세상을 떠났을 때 나는 하염없이 울었다. 정신이 나가 숲을 쏘다녔다. 먹을 생각도 잘 생각도 하지 않았다. 반려가 있는 생은 기쁨이었고 그이가 없는 생은 무엇 하나 의미를 갖지 않았다. 반쯤은 자살처럼 생을 마감했다. 나 자신이 사라졌다 한들 그렇게까지 슬프지는 않았을 것이다.

"그랬지. 하지만 호르몬의 영향도 있고, 짝짓기 본능과 상실의 슬픔은 어느 정도는 편의를 위해 조작한 것도 있지 않니. 아무래도 진짜는 아니니까."

그러자 아만은 하계에서처럼 반짝이는 짐승의 눈으로 나를 바라보았다. 생의 기쁨에 홀려 있는 원시적인 영혼이 그 안에서 빛을 발했다.

"선생님."

아만은 작은 짐승의 목소리로 말했다.

"만약 우리가 그 삶을 진짜라고 믿지 않는다면, 대체 삶에서 무엇을 배울 수 있단 말입니까?"

아만은 하계에 내려갈 때마다 변했다. 그 아래에서 겪는
일을 전부 제 진실한 체험으로 받아들이는 것 같았다. 아래
에서 형성된 불완전한 인격을 전부 제 인격에 쌓았다. 아만
은 갈수록 불안정해졌고 우리도 점점 불안해졌다.

인간종을 만든 이후로 그 경향은 급격히 심해졌다. 아만
은 심하게 몰입했다. 인간은 생존력을 바닥으로 두고 지능
에 거의 모든 것을 투자한 실험종이었다. 번식력도 전투력
도 형편없어 생존경쟁에서 밀려날 거라고만 생각했는데, 어
디서 잘못되었는지 걷잡을 수 없이 불어나기 시작했다. 총
량의 법칙상 그건 종의 다양성이 무너진다는 뜻이기도 했
다. 우리는 당황했고 개입해서 홍수나 가뭄으로 이 종을 줄
일 생각을 했다. 하지만 아만이 불같이 저항했다. 하계의
생태를 방해해서는 안 된다는 것이었다. 그것까지는 납득
했다. 그런 식의 멸망을 체험하는 것도 하나의 배움이 될
테니까. 하지만…….

"얼마나 더 뒤집어엎어야 속이 시원한 거죠?"
아만은 내게 돌멩이를 집어 던졌다. 처음 던진 돌은 내
몸에 흡수되었고 두 번째는 나를 통과해 나갔다. 하는 짓이
점점 상상을 초월했다. 나는 맞아주는 시늉이라도 해야 하

68

나 고민했다. 모를 일이었다. 이번 홍수는 지난 선캄브리아기나 페름기 대멸종에 비하면 약소한 사건이었다. 고작해야 해안 도시와 섬나라 몇 개가 물에 잠겼을 뿐이다.

아만은 지난 생에서 죽은 그대로의 모습을 하고 있었다. 얼굴은 파리했고 몸에서는 해초 냄새가 진동했고 젖은 옷에서 시퍼런 물이 뚝뚝 떨어졌다. 간혹 구역질하며 물을 토했다. 아무리 모습이야 본인 자유라 해도, 그 기묘하도록 정밀한 구현력에는 불현듯 소름이 끼쳤다.

뜨락에 모여 떠들며 놀던 아이들이 신전 쪽이 소란스럽자 눈치를 보며 조용해졌다. 요번 재해로 단체로 돌아오는 바람에 간만에 회포를 풀며 신이 나서 축제를 준비하던 참이었다. 아직 내 중음에 들꽃이 화사하게 핀 작은 뜨락이며 하얀 기둥이 있는 신전도 예쁘장하게 있던 무렵이었다. 하계를 흉내 내어 각자의 취향대로 제 공간을 꾸미는 유행이 막 돌던 참이었다.

"미안하지만, 아만, 난 이해를 못 하겠다……."

아만은 대체 뭐가 문제인 걸까? 왜 다른 아이들과 다른 걸까? 첫 분열이라 뭔가 실수가 있었던 걸까?

"우린 어차피 다 언젠가는 돌아올 예정이었잖니."

"예정된 일정이 아니었어요. 우린 다 이번 삶에서 배워야 할 것들이 있었어요. 열심히 살 준비도 하고 있었고요. 그런데 이렇게 많은 이들을, 이렇게 급작스럽게, 아무 준비도 없이 죽음을 맞게 하다니…….”

덕분에 너저분하게 쌓인 오염도 좀 처리했고, 물고기들은 살판났고 해양생물의 삶의 기회와 영역은 더 넓어졌다고 말하려다 그만두었다. 요즘 아만은 자신의 삶과 다른 이들의 삶을 같이 생각하지 못하는 듯했다.

“내가 한 일이 아니다. 누가 한 일도 아니고. 지상에 인간이 너무 늘었어. 식물은 너무 줄었고. 그러다 보니 공기 중에 이산화탄소가 많아져서 날이 더워졌고 바닷물이 평소보다 따듯해졌다. 바닷물이 따듯해지니 증발량이 늘어났고, 태풍이 평소보다 커졌고 태풍이 커졌으니 비가 많이 내린 거다. 이상한 일은 하나도 없다. 그래서 내가 인류는 좀 줄여야 한다고 그렇게 말하지 않았니.”

아만은 얼굴을 감쌌다.

“막았어야 했어요. 어떻게든 막아야 했어요. 어떻게 이렇게 많은 사람이 죽게 내버려둘 수가 있어…….”

“아만, 대체 누가 죽었다는 거냐?”

뜨락에서 꽃마차를 만들던 아이들이 슬금슬금 일어나 자리를 피했다. 그중에는 전생에 아만의 아빠와 엄마였던 이들도 있고, 친구와 애인도 있었다.

“구할 수 있었어요. 명계에 계셨으니 하실 수 있었잖아요. 왜 보고만 있었어요? 왜 도우러 오지 않았어요? 왜 뭐라도 해 보지 않으셨어요?”

나는 혼란스러웠다. 아만이 인간의 수를 줄이는 데에 찬성하지 않은 것은, 명계가 하계에 관여해서는 안 된다는 원칙 때문이 아니었던가? 인간의 수를 줄이지 않으면 머잖아 생태계 전체가 멸망할 수도 있다는 것까지 고려한 생각이 아니었던가? 대체 이 비논리와 비합리는 어디서 오는 거지? 생각하다 보니 살짝 화가 났다.

"어떻게 돕는다는 거냐? 뭘 도우라는 거냐? 비둘기로 변해 빛을 뿌리며 내려갈까, 바다를 둘로 가를까? 그런 짓을 해버리면 어떻게 그 세계가 진짜라고 믿을 수 있단 말이냐? 그리고 거기서 몇 년을 더 산들 뭘 한단 말이냐? 입에 매끼 밥을 처넣지 않으면 말라 죽고, 매초 숨 쉬고 심장이 뛰어야 사는 곳이다. 화학물질로 범벅이 되어 제가 무슨 생각을 하는지도 모르는 곳에 붙들려 있으면 참으로 감사하겠구나!"

아만은 답하지 않았다. 나는 아만의 축축한 어깨를 토닥였다.

"아만, 넌 요새 너무 몰입했어. 삶은 고해(苦海)며 허상이다. 거기엔 아무것도 없어. 돌아온 뒤가 진짜다."

"살고자 하지 않으면 삶에 의미는 없어요."

"무슨 말을 하는지는 알아. 삶은 진짜여야 하지. 내려가서는 그렇게 믿어야겠지. 그러지 않으면 분탕질이나 하고 허송세월이나 하다가 올 뿐이지. 하지만 돌아와서까지 그럴 건 없잖니. 간만에 다 같이 모였는데 재미있게 놀자꾸나."

"나반."

그때 아만은 내가 다시는 잊을 수 없는 말을 했다.

"하계는 진짜예요."

아만의 눈이 반짝였다. 마치 그 안에 시신경과 혈관과 거기에 이어진 진짜 뇌가 있기라도 한 것처럼. 아만의 눈은 붉게 충혈되어 있었고 눈물로 젖어 있었다. 동공은 깊었고 슬픔으로 흔들렸다.

"하계에 있는 사람들은 우리가 아니에요. 완전히 다른 존재라고요."

6

"우습지 않아요?"

탄재의 말에 나는 상념에서 깨어났다. 깨어난 순간 벽 너머에서 기척이 느껴졌다. 나는 긴장했다. 기척을 느꼈기 때문이 아니라 지금껏 느끼지 못했기 때문이었다.

"뭐가?"

"이미 다 아는 지식을 처음부터 새로 배우는 거요. 제가 하계에서 평생 탐구했던 진리나 세계의 비밀 따위는 선생님과 합일하기만 하면 한 방에 알게 되겠지요."

"그렇지 않다. 그때 너는 내가 아는 것을 알게 될 뿐이고……."

나는 벽 너머에 귀를 기울이며 말했다.

"나는 네가 아는 것을 알게 될 뿐이다. 그리고 그때 내가 알게 될 것은, 내가 너를 분열시키지 않았다면 결코 알 수 없는 것들일 터다."

탄재는 자기가 땜질해서 만든 벽을 손으로 툭툭 쳤다. 벽이 '아파.' 하고 투덜댔지만, 탄재는 듣지 못했다.

"이 벽도 '저'죠? 아, 예, 물론 세상 전체가 다 '나'죠. 그래도 이 우주선은 좀 더 저에 가까운 존재죠. 하지만 이게 제 몸이라면 왜 제 마음대로 할 수 없는 거죠?"

"네 마음대로 하고 있다. 네 마음대로 사물로 대하고 있지. 그래서 이 벽도 똑같이 너를 사물로 대하고 있는 거다."

나는 말하며 등 뒤의 벽에 손을 뻗었다. 탄재는 내가 시범을 보여주는 모양이라고 생각했지만 그렇지 않았다.

벽이 투덜거렸다.

'아직 아까 것도 갚지 않았는데.'

'나중에 두 배로 갚겠다.'

벽은 나를 통과시켜 주었다. 나는 팔을 뻗어 건넛방에서 벽에 귀를 대고 엿듣던 아이의 팔을 붙잡았다. 벽 너머에서 비명이 들려왔고 탄재가 그제야 상황을 파악하고 벌떡 일어났다.

나는 벽 너머를 투시해 보았다. 모르는 아이였다. 나와 연이 없는 것을 보니 갓 태어난 것이다.

"이름이 뭐지?"

내가 물었다. 벽 너머까지 전하느라 선내가 쩌렁쩌렁 울렸다.

"선생님."

탄재가 나를 불렀다.

"이름을 말해라. 선생이 누구지? 여기서 뭘 하는 거냐?"

아이의 존재를 미리 알지 못했다는 초조함이 나를 성나게 했다. 내 힘이 약해진 문제일 수도 있지만, 아이가 제 기척을 숨겼을 수도 있다. 어느 쪽이든 성이 날 일이었다.

아이는 내 손을 떼어내려 발버둥 쳤다. 벽에서 손이 튀어나올 수 있다는 것을 믿지 못하는 듯했고 그래서 공포에 질린 듯했다. 나는 무심코 아이를 끌어당겼다. 벽을 통과시켜 방에 앉혀놓고 야단칠 생각이었다. 하지만 아이의 손목은 벽을 통과하지 못하고 부딪쳐 꺾였다. 나는 멈칫했다.

나는 아이의 손목에 말을 걸었다. 유연해져 보라고 했다. 반응이 없었다. 대꾸조차 없다. 계속 말을 붙여 보았지만 역시 반응이 없었다. 탄재의 벽보다 훨씬 더 막혀 있었다. 아니, 그 이상이었다. 사물이나 다를 것이 없었다.

나는 마음에 소름이 돋는 것을 느끼며 아이를 놓았다.

"데려왔어요."

우주선 어딘가에서 '이젠 정말 거지 같은 생을 주실 거죠.' 하고 속삭이는 소리가 들렸다.

"안 그러면 격리되었을 테니까."

탄재는 구급상자를 가져와 아이의 손을 소독하고 약을 발랐다. 벽에 부딪힌 피부가 벗겨져 있었고 빨간 속살이 드러나 있었다. 명계의 몸에 피가 흐를 리도 없고 약으로 치료될 리도 없다는 것을 생각하면 비현실적인 풍경이었다.

"공간을 떠돌고 있었어요. 왜 아시잖아요. 타락한 아이들은……."

"길을 잃지."

내가 답했다.

"자기가 누군지 모르니까. 스승도 찾지 못하고. 명계로 돌아가지도 못하고 하계로 돌아가지도 못하고."

나는 아이의 손을 살폈다. 구현이 정교했다. 몸 안에는 어설프게나마 혈관과 내장기관까지 있었다. 그제야 탄재의 우주선에 있는 식당이며 농장에 생각이 미쳤다.

아이의 영역은 그 몸에 한정되어 있었다. 주위의 공기 한 줌조차 그의 것이 아니었다. 나는 아이의 본질을 탐구했고 한참을 애를 쓴 뒤에야 근원을 찾아내었다. 탄재와 이 우주선이 왜 그이를 떠올렸는지도 알 수 있었다.

"아만."

내가 아이의 이름을 불렀다. 아이는 눈을 똥그랗게 뜨고 나를 마주할 뿐이었다.

"아니에요, 아만의 분열한 개체죠."

탄재가 정정했다.

"아만 선생님의 아이들 중 하나예요. 4차, 혹은 5차 분열체죠. 본체의 기억은 아예 없어요."

"그게 아만이지."

"달라요. 선생님과 제가 다른 것처럼요."

나는 날 서린 눈으로 탄재를 보았다. 탄재는 아랑곳하지 않고 답했다.

"아만 선생님은 지상에 내려갈 때마다 무수히 분열해요. 예전이라면 곤충이나 물고기나 새나 작은 짐승의 몸에 들어갈 수 있었겠지만……. 아시잖아요, 요새 하계에는 인간뿐이죠. 도솔천 선생님이 지상에 내려가지 않게 된 이후로 자연계는 확 줄었어요. 선생님도 이번에 자신을 다 거둬들였잖아요. 저 고생대 페름기보다 더 급격한 대멸종이 지난 한 세대 만에 있었어요."

"잘못인 것처럼 말하는구나."

내 말에 탄재는 입을 다물었다.

"잘못이라고 생각하는 거냐?"

나는 아이의 팔을 잡고 말했다. 가볍게 시위를 할 생각으로 아이의 피부의 모공을 통해 내 분자를 조금 집어넣었다. 내 분자가 아이의 세포분열속도를 높여 상처를 아물게 했다. 아무리 타락한 몸이라도 이런 간단한 상처는 일도 아니다. 탄재의 숨소리가 조금 빨라졌다. 아무튼 명계에서도 숨을 쉬는 습관을 놓지 못하다니.

"아니요. 잘못은 없죠. 죽음 또한 없고. 하계는 진실이
아니고 고통도 진실이 아니죠. 대멸종이라 해 봤자 그저
단체로 집에 돌아오는 일일 뿐이죠. 다시 돌아가면 그만
이고…….

녀석은 딱딱하게 답했다. 훈육선생들 앞에서 수천 번은
반성문을 쓰며 읊었을 말이다. 우리는 하계에서 녀석이 세
계의 구조를 밝혀내려고 기를 쓸 때마다 서둘러 순찰대를
보내 퇴학시켜 명계로 돌아오게 했다. 녀석은 수도 없이 불
려왔고 수도 없이 근신 처벌을 받았다. 죽는 순간까지 진리
를 찾아야 한다고 부르짖다가 돌아오면 시무룩해져서 묵묵
히 한 세대쯤은 근신하며 지내기도 했다.

"그걸 의심하는 거냐?"

나는 아이의 팔을 놓아주며 물었다. 전형적인 타락 검증
질문이다. 아만의 아이는 자신의 손을 경이로운 눈으로 보
았다. 무슨 거대한 신비라도 마주한 얼굴이다.

"아니요."

탄재는 느리게 답했다.

"그러면 됐다. 너는 이 애를 가르칠 능력이 없으니 아
무 선생에게나 보내라. 아이에게 맞는 교육을 해 줄 거다."

탄재는 일어나 내 팔을 붙들었다. 옛날의 내가 풀로 짜
입은 옷이 조금 올이 풀려 뜯겼다. 나는 탄재를 노려보았
다. 탄재는 물러서지 않았다.

78

"선생님들이 격리시킬 거예요."

"타락에서 빠져나오면 스스로 나올 수 있다."

"그렇게 못하는 애예요."

"그러면 마음 좋은 선생이 합일해 줄 거다."

탄재는 고개를 저었다. 내가 이해를 못 한다는 얼굴이다. 아니, 나는 너무나 잘 이해하고 있다. 이 대화의 위험성을.

"그냥 여기서 살게 해 주세요. 작은 분열체 조각 하나일 뿐이잖아요. 세상에 영향을 주지 않을 거예요."

"네가 그렇게 두지 않을 테니 하는 말이다."

나는 전송기를 눈으로 가리켰다. 전송기가 움찔하며 딴청을 피웠다. 관화가 삐걱대며 헛기침을 한다. 담요가 슬슬 제 몸을 말며 움츠러들었다.

"타락한 아이를 숨겨두는 것만 해도 경을 칠 일인데 지상으로 보내는 건 더더욱 안 될 일이다. 적어도 명계에 붙들어 놓아야지."

"알아요."

"타락한 자는 세상 전체가 자신인 줄을 모른다. 자신과 남이 같은 줄도 모른다. 공감할 줄도 사랑할 줄도 모른다. 타락한 아이를 지상에 내려보내면 세상에 타락을 퍼트린다."

"알아요!"

"알아도 행하지 않으면 아는 것이 아니다."

탄재는 뭘 어떻게 설명해야 좋을지 모를 얼굴을 했다. 서로의 이해가 다른 곳에 있다.

"이 애들은 삶을 원해요. 명계가 아니라 하계에서의 삶을요."

"허상일 뿐인 하계의 삶을 원하는 것 자체가 타락이다."

"그래도 그걸 원해요. 저도 모르겠어요. 설명이 안 되는 건 알아요. 하지만 누구나 자신이 원하는 걸 할 권리가 있다고 생각해요. 세상에 잘못은 없잖아요. 죄도 없고. 그러니까……."

나는 탄재의 피부 모공 사이로 내 분자를 대량으로 밀어 넣어 그 팔을 부드럽게 만들었다. 탄재의 손은 통제를 잃고 내 몸에 풀빵처럼 붙었다. 탄재가 당혹감에 손을 떼려 했지만 나와 이어진 팔은 뜨끈뜨끈한 밀가루 반죽처럼 점성을 갖고 늘어날 뿐이었다. 팔의 분자는 물러졌고 부드러워졌다. 일부는 기화되었고 일부는 액화되어 김을 내고 뚝뚝 물이 흘렀다.

"다시 생각해 보거라."

탄재는 입을 다물었다. 우주선 전체도 긴장했다. 내게 적대적인 신호를 보낸다. 하지만 탄재만큼이나 분리성이 높은 놈들이고 나를 여기서 쫓아낼 만큼의 행동력은 없다.

우주선이 흔들렸고 주위 먼지며 물건들이 털털거리며 내게로 끌려 들어왔다. 내 주위의 밀도가 높아지자 주위가 차가워졌다. 차가워진 공기는 무거워졌고 가라앉았다. 대기가 밀려나며 내 주위로 바람이 불었다. 빛도 끌려 들어오는 바람에 적색편이로 내 몸도 살짝 붉은 빛을 내었다.

"재고한다면 지금 합일하지는 않겠다."

탄재는 제 팔을 보고 내 눈을 보았다.

"선생님께 거짓말은 통하지 않겠죠."

"그렇다."

탄재는 입을 열었다가 도로 다물었다. 이어 눈을 감았다.

탄재가 결심했듯이 나도 결심했다. 나는 끌어들였다. 탄재의 분자가 내 몸으로 넘어오자 그 마음에 소용돌이치는 두려움이 전해져왔다. 제 개체성을 잃고 싶어 하지 않는 마음, 그럼에도 불구하고 생각을 포기하지 않는다. 제 생을 지키고 싶은 마음이 더 큰데도 불합리한 선택을 한다. 불합리는 타락의 징조다.

알려질 일이다. 명계에 비밀은 없다. 이런 짓을 내버려두면 언젠가 탄재에게는 격리 아니면 합일, 잘해야 고통스럽고 무의미한 삶을 반복하는 강도 높은 교육이 기다리고 있을 것이다. 탄재를 위해서라도 지금 막아야 한다.

'이것은 나다.'

나는 생각했다.

"'나'는 무슨 생각을 하는 걸까? 무엇을 배우려는 걸까?'

아이가 스승에게 저항한다는 것은 개체성이 확립되었다는 뜻이다. 지금 새로운 사조가 생겨난 것이다. 새 스승이 될 자격을 갖추었다. 그 방향이 설사 내 마음에 차지 않더라도. 그 방향이 스승 모두의 마음에 차지 않는다 해도. 아니, 마음에 차지 않는다는 것 자체가 아이를 보낼 때가 되었다는 의미다.

나는 탄재를 풀어주었고 탄재는 튕겨 나가 주저앉았다. 채 수습되지 않은 몸에서 액화된 분자가 땀처럼 줄줄 흘렀다.

"왜요?"

탄재는 바들바들 떨면서도 짐짓 센 척을 했다. 나는 침묵하다가 답했다.

"말했듯이 나는 네 균형점을 알지 못한다."

"겁나서 그래요? 선생님쯤 되는 분이 나 하나 잡수신다고 타락하시겠어요."

"아만의 아이를 좀 보자꾸나. 생을 만들어줘야겠다."

"축생계로 보내실 건가요?"

탄재는 슬금슬금 내 눈치를 보며 아이를 전송기에 뉘이며 물었다.

"글쎄다."

"보통 그렇게 하시잖아요. 짐승은 인간보다 좀 더 마음을 공유하죠. 그래서 짐승이나 미물로 살다가 나오면 좀 치유가 되죠. 인간종은 분리가 워낙 심하니까요. ……맞죠?"

보통 그렇게 한다. 타락이 심한 아이일수록 미물의 삶을 준다. 그 원리를 짐작한 인간이 이를 형벌로 생각할 때도 있지만, 삶에 벌은 없다. 상도 없다. 배움뿐이다.

"어렵게 배우는 것도 의미가 있겠지."

나는 아이의 머리에 손을 얹었다.

지상에 살았던 수많은 내 파편들을 떠올렸다. 나무와 나비, 새와 들쥐와 벌레로 살았을 때를, 풀과 강과 들판이었을 때를 떠올렸다. 수많은 자기 자신들이 같은 공간에서 살고 있다는 것도 모른 채 살았던 내 모든 삶을, 모든 운명을.

사소한 마음의 결핍이 있는 인간 여자였던 나를 찾아내었다. 정을 받지 못하고 자라 정을 갈구하는 사람이었다. 일생 아이 없이 살았지만 이제 그의 생에 아이가 찾아올 것이다. 둘은 투쟁하듯이 사랑할 것이다. 싸우고 상처받을 것이다. 실수도 잦겠지만 서로에게 배울 것이다. 상처받겠지만 상처받은 만큼 치열하게 살 것이다. 서로의 삶이 둘의 생에서 화두가 될 것이다.

"내가 네 어머니가 되어주겠다."

내가 아이에게 말했다.

"네가 그 생에서 배울 것은 '공감'이다. 그 생에서 무엇이 되었든 너 자신과 같다고 믿을 것을 찾아라. 사람이어도 짐승이어도 사물이어도 상관없다. 그러면 타락이 너를 떠날 것이다. 그러면 네 의지로 분열하거나 합일할 수 있을 것이다."

의지를 가진 내 몸의 입자 일부가 손가락에서 빠져나와 아이의 유전자에 담겼다. 유전자는 아이의 삶을 어느 정도 인도하겠지만 그뿐이다. 삶 전체는 아이의 의지다.

"잘 모르겠다니까요."

아이가 전송된 뒤 탄재가 물었다.

"이렇게 시간을 거슬러 환생하면 인과관계는 어떻게 되는 거예요?"

"인과는 없어. 상호작용뿐이다."

"저 애가 과거로 가서 우주를 바꾸면요?"

"누구의 삶이든 우주를 바꾼다. 네가 한 생을 살고 돌아왔을 때도 모든 것이 변했다. 잊지 마라. 저 애도 나고 또한 너다. 저 애가 변하면 우리도 모두 같이 변한다."

나는 말을 마치고 우주선 전체를 살폈다. 그 전체에 말을 걸었다. 쉽지 않았고 거래할 것도 많았지만 열심히 설득했다.

많은 것을 양도하는 작업이었고 몸의 일부도 내어놓아야 했다. 지금 한 일은 내 상황을 더 악화시킬 것이다. 하지만 무슨 상관이랴. 어차피 뭘 하든 악화될 것을.

탄재는 내가 지친 것을 알아보고 물었다.

"뭘 하신 거예요?"

"조건이 있는 중력장 하나를 만들어두었다. 저 애처럼 타락한 아이들이 죽어 길을 잃으면 이 우주선에 끌려오게 될 거다. 네가 할 수 있는 한 거두어들이거라."

탄재는 입을 다물었다.

"왜 그러셨는데요?"

"네가 그 애들을 환생시킬 수 있을 테니까."

저런 유물론자 아이들이 죽어 깨어난 곳이 우주전함 안이라면 그것도 꽤 정신적 파탄을 일으킬 법한 일이라 생각하며 나는 혼자 웃었다.

"왜요? 옳은 일이 아니잖아요."

"옳은 일은 없다. 과하고 모자랄 뿐이지. 이 일은 과하지 않다. 그러니 하거라."

나는 의자 팔걸이를 내려다보았고 물에 손을 넣듯이 팔걸이를 꿰뚫었다. 탄재는 거의 신경 쓰지 않았다. 내가 평상시에 늘 하던 일처럼 보였기 때문이었다.

하지만 팔걸이는 내가 통과하자 혼란에 빠져 아우성쳤다. 인간으로 치면 미친 것이나 다름이 없었다. 자신에게든 내게든 재확인하듯 소리쳤다. '나는 단단한 물질이다, 나는 이런 식으로 뚫리지 않는다, 나는…….'

나는 탄재의 전송기와 동일한 원리로 상대를 제압했다. 설득은 없었다. 대화를 나누지도 않았다. 거래도 없었다.

'화학이야.'

내가 속삭였다.

예전의 나

연심(聯心)이 나를 찾아왔을 때 나는 몸이 좋지 않았다. 어두운 동굴에 마련한 돌침대에 누워 아이들 교육은 제자들에게 맡긴 채 침잠해 있었다. 중음은 신전도 집도 다 치워버리고 바위산과 황야만 있는 벌판으로 만든 채 버려두었다. 아이들은 선생 취향이 괴악하다며 불평했지만 실은 그 이상의 여력이 없었다.

연심은 온몸으로 내게 덤벼들었다. 나를 넘어뜨리고 깔아뭉갠 뒤 멱살을 잡아 흔들고 뺨을 치고 옷을 뜯었다.

동굴 밖에 모여 생을 논하던 아이들이 모두 이쪽을 돌아보았다. 강아지와 벌레들, 원숭이와 돼지들도 이쪽을 보았다. 교사들이 예감을 하고 대비를 했다. 명계에서 누군가를 해칠 수 있다고 믿는 것만으로도 문제가 있음을 뜻했다.

"내 아이를 죽였어!"

연심은 하계에서 육신을 그대로 갖고 나온 것 같았다. 무덤에서 기어 나온 것처럼 몸은 거무죽죽했고 흙투성이였다. 축 늘어진 젖가슴과 까치집처럼 헝클어진 백발에 입안에는 듬성듬성 빠진 이까지 보였다. 바위를 통과하거나 바람에 실려 날아온 것도 아닌 듯했다. 두 발로 걸어온 모양이었다. 손발톱이 흙으로 새까맸고 발이며 손에는 모래알갱이가 박혀 있어 갈라지고 피투성이였다.

"내 아이를 죽였어!"

나는 그제야 기억했다. 망량(魍魎)의 아이였다. 명계의 위계에 따르면 그렇다. 하계에서는 이번에 거꾸로 망량의 어머니 역할을 했다. 마지막으로 보았을 땐 작은 반딧불 같은 빛의 입자였을 뿐이고 나를 차마 마주 쳐다보지도 못했다. 제 스승의 어머니가 되라는 지시에 당황해하며 그런 황망한 일은 차마 못 한다고 말을 거두어달라고 애원했다. 내가 초급 교육 과정이라며, 잠깐만 들어갔다 나올 거라고 위로하기도 했다.

"이 천벌을 받을 놈아, 그런 게 교육이라고!"

연심이 뚫리고 물러지는 내 몸을 쥐어뜯으려 애쓰는 사이, 내 주위에서 연두색 이파리가 돋은 덩굴이 자라났다. 덩굴은 연심의 몸을 칭칭 감아 내게서 떼어놓았다. 아이들이 멀찍이 지켜보는 가운데 입자의 형태로 날아온 망량이 몸을 형성해 나와 연심 사이에 섰다.

"어머니."

망량이 제 아이를 지난 생의 관계로 부른다. 혼란스러웠다.

"저는 여기 있습니다. 죽음은 없어요. 착각입니다."

나는 흙바닥에 누운 채 정신을 차리지 못했다. 설명할 수 없는 두려움이 몰아쳤다. 체통도 자존심도 버리고 이 자리를 내치고 도망치고 싶었다.

한참 덩굴을 끊어내려고 발버둥 치던 연심은 씩씩거리며 망량을 노려보았다.

"넌 내 아이가 아니야. 내 아이는 죽었어. 저 자식이 죽였어."

상태가 좋지 않았다. 지난 생 이외의 기억을 다 잃은 것 같았다. 분리도 심해졌고 몸을 변형하는 법도 잊은 듯했다.

그제야 떠올랐다. 어느 나라의 군사 쿠데타 한복판이었던가. 나는 진압군이었고 시위 군중을 향해 총을 난사했다. 내가 죽인 한 청년의 어미가 반세기를 넘어 이제야 돌아왔다. 나는 그 일이 끝나고 혼란과 자책 속에 반쯤 미친 사람처럼 살았지만……, 그건 그저 내 몫의 고통이었을 뿐이다. 누구의 고통도 줄이지 못했다. 나름의 배움은 있었지만 그리 잘 꾸린 삶은 아니었다는 뜻이다.

망량은 나를 힐끗 보았지만 내가 반응하지 않자 일종의 시험이려니 하고 직접 움직였다. 망량이 동굴에게 몸을 비켜달라고 설득하자 천장이 열리고 벽이 움찔움찔 물러났다. 주변의 바위 절벽과 언덕들도 지레 알아서 엉덩이를 움찔거리며 물러났다. 곧 내가 있던 공간은 너른 광장이 되었다. 공간이 탁 트이고 나니 벌거벗은 기분이었다. 아이들이 똘망똘망한 눈으로 나를 바라본다. 어디든 쥐구멍을 열어 숨어들고 싶었지만 그럴 수도 없었다.

"연심은 타락했습니다."

망량은 선언했다.

"타락한 자에게는 누구든 스승이 될 수 있습니다. 아들이자 스승으로서 선지자 나반을 대신하여 가르침을 주겠습니다."

우리에게 벌은 없다. 무슨 고통이 있어 벌을 주겠는가, 우리에게는 상도 없다. 무슨 쾌락이 있어 상을 주겠는가. 가르침이 있고 배움이 있을 뿐이다. 아이가 원하지 않는 가르침을 줄 때가 있을 뿐이다.

"어머니, 당신은 타락했습니다. 스스로 빠져나올 수 있을 때까지 격리하겠습니다. 내 몸으로 벽을 만들어두겠습니다. 몸의 일부를 당신 곁에 두겠습니다. 그 벽이 당신 자신이며, 자신과 같은 것이며, 또한 나와 같은 것이며, 나와 당신이 다르지 않다는 것을 알면 나올 수 있을 것입니다."

평범한 결정이었다. 그런데 기괴하게만 느껴졌다. 맙소사, 망량은 연심의 아들이 아니었던가. 저 늙은이가 제 배에서 열 달을 키웠고 제 젖을 물려 키우지 않았던가. 똥기저귀를 갈아주며 보챌 때마다 입에 먹을 것을 넣어주지 않았던가. 제 아이가 죽은 뒤 반생을 눈물과 고통으로 살지 않았던가. 어미를 어찌 저리 대할 수 있단 말인가?

"입자화하거나 몸을 줄이거나 벽을 통과할 수 있으면 됩니다. 제가 당신 옆에서 지켜볼 것입니다."

망량의 말은 나긋나긋했고 온정적이었다. 그런데도 그리 느껴지지 않았다. 몹쓸 일 같았다. 연심이 아무리 빨리 빠져나와도 백 년은 걸릴 것이다.

"안 돼."

연심이 그제야 상황을 파악했는지 애원했다. 망량은 제 몸인 덩굴로 연심의 몸을 더듬어 점검했다.

"분리가 심해져서 입자화하기 어렵겠습니다. 입자화할 수 없으면 환생할 수 없고, 환생할 수 없다면 배움을 얻어 타락을 정화할 수도 없습니다. 힘들겠지만 이쪽이 가장 빠른 방법입니다."

"기다려."

내가 말했다. 말하는 와중에도 내 상태를 들킬까 두려웠다. 다들 내 맘도 모르고 무슨 진리의 말씀이라도 하려나 하고 나를 주목했다.

"연심이 타락한 건 내 탓이다. 어린아이가 감당할 수 없는 생을 주었다. 다음 생에서 직접 연을 맺어 배움을 주고받겠다."

"몸이 너무 단단해졌습니다. 환생할 수 없을 겁니다."

"내가 돕겠다."

"그리 말씀하신다면."

망량은 더 생각하지 않았다.

"가족이 되어주시겠습니까?"

"연심이 원한다면."

"어머니, 선지자께서 관대한 제안을 해 왔습니다. 받아들이겠습니까?"

연심은 혼란스러워했다. 혼란스러운 와중에도 전생의 원수는 알아보는 것 같았다.

"저놈은 살인자야. 선지자가 아니야."

"선지자께서 가족이 되어주겠다고 제안하셨습니다. 생하나를 온전히 함께할 것입니다."

"내 아이를 죽인 놈이야."

망량이 난감한 얼굴로 나를 보았다.

"연심이 상황을 판단하지 못합니다."

"내게 원하는 것을 물어보아라. 그대로 해 주겠다고 해라."

앞에 있으면서도 나는 굳이 전달을 부탁했다. 대면하기두려워서였지만 망량은 여전히 가르침의 하나로 받아들이고 연심을 바라보았다.

"저놈을 죽이게 해 줘."

"불가능합니다."

망량은 담담하게 답했다. 물리적으로 그러했다.

"다른 제안을 하십시오."

"개로 만들어 일생 목줄을 매고 끌고 다니겠어."

"그리하도록 하라."

내가 답했다. 망량의 눈이 더욱 싸늘해졌다. 짐승과 인간의 신분을 다르게 보는 것 또한 타락의 징후였다.

"가족이나 가축이나 같습니다. 선지자께서는 가축으로서도 생을 같이 할 것이며 보살피며 가르침을 주실 것입니다. 당신은 그 개로부터 생의 기쁨과 위로와 배움을 얻을 것이며……."

"내가 당한 것과 똑같은 인생을 살게 해 줘! 환생해서 저 자식의 아이를 죽이게 해 줘!"

"그런 생에는 배움이 없습니다. 타락만 더할 뿐입니다. 교사는 배움이 없는 생은 짜지 않습니다."

"받아들이겠다."

내가 말했다.

"무엇이든 원하는 인생을 고르게 해라. 생각할 시간을 주고 내게 알려주어라. 그대로 따르겠다."

망량은 잠시 망설였지만 스승의 판단에 의문을 제기하

지 않았다. 큰 뜻이 있으리라 생각했다. 하지만 아무것도 없었다. 고통뿐이었다.

연심이 아이들에게 이끌려 쉼터로 가는 것을 지켜본 뒤 나는 자리를 피해 도망쳤다. 처음에는 입자화해 날아갔지만, 나중엔 그마저 못하고 두 다리로 뛰었다. 바삐 뛰는 바람에 세상 전체와 이어진 실이 엉키고 당겨졌다. 멀리 산 등성이에서는 낙석이 굴러떨어졌고 계곡은 깊어지고 물살이 거칠어졌다. 이 끈을 다 끊어내고 싶었다. 중음이라는 내 육중한 몸뚱이가 내 속내를 속속들이 들춰낼까 봐 겁이 났다. 분리되고 분해되고 작아져서 아무도 없는 곳으로 도망치고 싶었다.

'아무도 없는 곳이라니.'

병마처럼 튀어나온 생각에 경악할 수밖에 없었다.

'그 애는 나다.'

나는 얼굴을 감쌌다. 연심은 나다. 누구도 아닌 나다. 내 몸에서 나온 내 일부다.

'타락하는 것은 나다.'

내가 타락을 퍼트리고 있다. 보균자처럼 발이 닿는 곳마다 병이 퍼진다. 하나가 변하면 전체가 변한다. 이토록 육중한 몸뚱이를 가진 내 영향력은 더 말해 무엇할까.

"괜찮으십니까?"

누군가 내 앞을 막았다. 망량이었다. 괜찮지 않았다. 나는
머리를 감싸 안고 주저앉았다. 3세대 교사들이 날아와 모여
들었다. 나는 진정했다. 부끄러울 것도 없다. 창피할 것도
없다. 이들은 모두 나다. 나로부터 나를 감출 도리는 없다.

"아이들 사이에 타락이 번지고 있습니다."

망량이 말했다.

"안다. 나도 보았다."

망량이 내게 가르침을 청할까 봐 겁이 났다. 가르칠 것
이 없었기 때문이었다. 망량은 타락하지 않았고 내 혼란을
속속들이 들여다보고 있었다. 사방이 수런수런한다. 그가
모두를 향해 말했다.

"어수선해 하지 마라. 나반 선생님께서는 아만 제거 작업
을 하신 뒤로 이렇게 되셨다. 큰 희생이셨다."

망량은 설명을 계속했다.

"선지자들은 타락한 선지자 아만을 없애기 위해 모든 시
대에서 아만의 옆에 태어나 생의 초기에서 제거했다. 제도
를 바꾸고 권력을 쥐고 정책을 바꾸며 우연과 불운을 조작
했다. 그것으로도 다 잡을 수 없어 직접 생을 뺏는 역할은
나반 선생님께서 하셨다. 그런 방식으로 역사에서 아만의
존재를 지웠다."

그래, 그러했다.

아만은 아이들을 타락시켰고 자아 간의 분리는 가속화되

고 있었다. 이제 사람들은 세상이 자신과 같은 것임을 믿지 않는다. 타인이 나와 같음을 알지 못한다. 자신이 혼자라고 믿고 고독에 사로잡혀 왜 우주 전체와 다름없어야 할 위대한 자신이 이토록 작고 초라한지 당혹스러워한다. 도솔천은 내게 지상에 산산이 흩어져 도망친 아만의 개체들을 수거해 명계로 데려오게 했다. 내겐 거절할 명분이 없었다. 아만은 내 아이였고 나였으며, 모두 내 탓이었다.

나는 수만 개의 개체로 분열해 모든 시간대의 지상에 내려가며 생각했다.

죽음은 없다. 사라지는 것도 소멸하는 것도 없다. 변화할 뿐이다. 자아는 사라지지 않는다. 해석이 변할 뿐이다. 그러므로 살인 또한 없으며, 죄 또한 없다.

그리 생각했다. 어리석게도 간과했다.

'분리'의 경험이 얼마나 거대한 것인지.

합일의 경험만큼이나 거대하다는 것을.

타락이 얼마나 쉽고 가벼운지를.

"그러기 위해 나반 선생님은 공감력을 최대한 억제해야 하셨다. 자신과 타인이 다르며 모든 개체가 분리된 존재라 믿도록 특별히 제조한 육신에 들어가야 하셨다. 때문에 나반 선생님은 오염되셨고 우리의 타락은 가속화되고 있다. 우리는 이 일을 처리해야 한다."

그 말은 곧 나에게 하는 말이기도 했다. 나는 마음을 가

다듬었다.

"생각하는 바가 있는 모양이구나."

"아만과 합일하십시오."

망량이 담담히 말했다. 뒤에 선 교사들도 담담했다.

"더해서 우리를 포함해 모든 개체를 거두십시오. 아만을 거두고 우리를 거두고, 나반도 아만도 아니었던 근원의 자신, '아이사타'로 돌아가는 겁니다."

'내 생각이다.'

나는 생각했다. 내가 그 생각으로 가득한데 퍼지지 않을 리가 있는가. 내 아이들이 홀리지 않을 리가 있는가. 이 아이들 전체가 본질적으로 나이건만. 이 모두가 내가 나에게 하는 말이나 다름이 없다. 이 모든 갈등이 내 자아의 분열이며 마음의 혼돈이다.

"아만은 합일에 동의할 자가 아니다."

"방법을 찾아보아야겠지요."

"아만과 합일하면 나반은 사라진다. 나는 이전과 다른 것이 된다."

"그렇지 않습니다. 우리가 원래 나반이었듯이 아만 또한 원래 나반이었습니다."

옳은 말이었다. 옳은 말인데도 의심이 간다. 의심할 만한 말이 아닌데도 의심이 간다. 병든 자는 모든 것을 의심한다.

"아만은 타락한 선지자다. 오염의 근원이며 산실이다. 그런 녀석의 몸이 우리를 어떻게 바꿀지 두렵지 않느냐? 우리 전체가 아만이 되어버릴지도 모른다."

"그럴 수 없습니다."

망량은 거침없이 말했다.

"아만과 합일한 우리 전체가 지금 선생님 그대로의 나반이 될 수 없는 것처럼요. 설사 주도권을 빼앗긴다 해도 변화는 옵니다. 아만이 소멸하지 않듯이 우리도 소멸하지 않습니다. 소멸은 없습니다. 변화할 뿐입니다."

선생 자리를 물려줘야겠군. 아니면 내가 이 녀석에게 합일해 들어가든가.

"중요한 것은 나반이라는 자아를 지키는 것이 아닙니다. 타락하지 않은 자라면 근원의 자신을 먼저 생각해야 합니다. 아만이 세상을 더 오염시키기 전에 치유해야 합니다. 실패한다 해도 가치가 있는 일입니다. 다른 배움이 될 것입니다."

'이자는 나다.'

나는 생각했다.

나는 타락해가고 있고 내 개체성에 집착하기 시작한다. 망량은 옳고 내 두려움은 가치가 없다. 세상이 타락해 가는데 이 모자란 스승은 고작 제 자아가 사라지는 것만 걱정한다.

'내 책임이다.'

내가 아만을 낳았고 아만의 일탈을 막지 못했다. 내가 아만을 다 명계로 회수해오지 못했고 도망쳐 흩어진 아만을 잡지 못했다. 그러니 내가 끝장을 보아야 한다.

'내가 해야 한다.'

동시에 마음 한 편에서 안개처럼 의문이 피어올랐다. 뭔가 내가 생각하는 그 이상의 책임이 내게 있는 것만 같은 기분. 그렇기에 지금까지의 방법이 무엇 하나 성공하지 못했다는 생각이. 타락이 내가 상상하지 못하는 다른 구멍에서 퍼져나가고 있는지도 모른다는 의혹이.

전체로서의 나는 모든 것을 안다. 분리되어 있는 지금도 나는 여전히 '아이사타'고, 이 우주 전체다. 그는 알고 있고, 그래서 이 방법을 떠올렸고, 무의식의 끈을 통해 내게 명령을 내리는지도 모른다.

나는 마음속으로 고개를 저었다. 자아를 잃는 것이 두렵다 보니 별생각을 다 하는군. 다 내가 완전하지 않아 갖는 미혹이다. 아이들과 합일하고 나면 갈등은 사라질 것이다. 애초에 지금의 '내'가 사라질 터이니.

"저는 준비가 되었습니다."

망량이 내게 손을 내밀었다. 이어 망량의 뒤에 서 있던 아이들이 차례차례 손을 맞잡았다.

"저희도 준비되었습니다."

망량은 근래 과도할 정도로 내세에 홀렸다. 하계의 생 전체를 헌신짝처럼 버렸다. 무엇인가에 홀려 가진 것을 다 버리고 산에 들어가기도 했고, 수도원이나 절에서 사람을 만나는 일 없이 생 하나를 보내기도 했다. 때로 사소한 정의나 양심을 위해 미련 없이 목숨을 희생했다. 지금에서야 망량이 무엇을 연습했는지 알 것 같았다.

'이자는 나다.'

누가 하는 일이든 내가 하는 일이다. 망량이 무엇을 원하든 내가 원하는 것이다.

"도움이 될 겁니다."

도움이 되겠지. 망량의 인격과 의도가 내게 섞여 들어올 텐데. 나는 변화할 것이다. 거침없어질 것이다. 두려워하지도 후회하지도 않을 것이다. 망량의 인격은 내게 필요하다.

아이들이 망량과 손을 맞잡고 기대에 차 눈을 반짝였다. 더 큰 지혜와 통찰의 길로 들어가는 것에, 더 현명하고 큰 자아의 일부가 될 기대에 들떴다. 아이들아, 일어날 일은 너희의 상상과 다를 터이다. 우리가 하나가 되고 나면 서로가 그리 위대해 보이지도 않을 것이다.

그리고 나는 망량의 손을 맞잡았다.

그리고 나니 뭘 고뇌했는지 알 수가 없었다.

그리 대단한 일도 아니었는데.

두 번째
나

1

도솔천과 조우하는 것은 그리 즐거운 일이 아니다. 특히 내가 꿍꿍이를 꾸미고 있을 때는 더욱 그렇다. 타락한 개체와 마찬가지로 온전히 타락하지 않은 개체도 버겁다.

도솔천은 어디에도 없고 어디에나 있다. 어느 이름 없는 선지자의 중음 구석에 놓인 돌멩이일 때도 있고 그 한구석에서 지난 생과 다음 생을 토론하는 아이들 중 하나일 때도 있다. 도솔천은 어디에든 녹아들기에 2세대 선지자의 눈으로도 알아보기 녹록지 않다. 세상 전체가 자기 자신임을 확신하는 자에게서 사생활 존중의 예의를 구하기도 쉽지 않다. 그는 원하는 곳에 나타나고 이를 막을 도리도 없다.

도솔천은 지옥 입구에서 기다리고 있었다.

검은 두건과 도포를 걸친 멀대 같은 사람의 모습을 하고 있다. 얼굴은 검푸르고 두 눈은 한가운데 돌을 던져 산산이 깨진 황금빛 동전 같고 팔다리는 고목처럼 길쭉하고 버석버석 말랐다. 밑창에 구멍이 숭숭 난 낡은 나룻배 위에 등불과 노를 든 채 서 있다. 한때 내가 내 아이들을 명계로 인도할 때 하곤 했던 모습이다. 그의 뒤로는 지옥으로 향하는 망각의 강이 흐른다. 강은 핏빛이고 용암처럼 들끓는다.

물론 내 눈앞에 있는 그 형체가 도솔천 전체는 아니다. 도솔천은 이승 주위를 맴도는 행성 크기의 거대한 흰 구체고 이자는 거기에서 실처럼 빠져나온 작은 진동체다. 하지만 나와 내 아이들과 달리, 이 개체는 도솔천의 인격과 기억을 고스란히 공유한다. 이자의 등 뒤로는 거미줄처럼 가느다란 흰 끈이 저 멀리 도솔천과 이어져 있다.

도솔천이 손끝에서 하얀 실을 뻗었다. 실이 빛을 내며 날아와 내 정수리를 뚫고 들어오려 했다. 나는 내 입자를 모아 몸 주위로 전기 방어벽을 쳤다. 이마 앞에서 실이 전기에 바삭바삭 타들어 갔다.

"우리 사이에 조악한 방식으로 대화할 이유가 있는가, 나반."

도솔천이 황금빛 눈을 빛내며 말했다. 말은 머릿속에서 울렸고 생각으로 전해져왔다. 나는 싫은 속내를 숨기지 않고 답했다.

"선지자의 인격은 섞지 않기로 한 지 오래되었다. 생각이 오염된다."

하지만 행성의 잔해 같은 내 분자 하나하나에 일일이 장벽을 쌓을 수는 없다. 그는 이미 내 통제가 미치지 않는 입자 하나를 붙들고 물어보았을 것이다. 내 싫고, 거스르고, 무서워하고, 초라한 감정이 다 전해졌을 것이다.

도솔천이 미소를 짓는다. 즐거워서 웃는 것은 아니다. 그에게는 희로애락의 감정이 없다. 아니, 희로애락이 없는 우리 본연의 모습에 가깝게 돌아가 있다. 그의 미소는 단지 소통을 위한 외형의 변화에 불과하다. 속으로는 '퇴보란 무섭구나, 선지자끼리도 이렇게 조악한 방식으로 생각을 표현해야 하다니.' 정도의 생각을 하고 있을 것이다.

"합일이란 그런 것이 아니다, 나반. 아만과 합일하고 나면 옛 자아에 대한 미련은 사라진다. '너'를 유지할 수 없을 것이다."

도솔천은 한달음에 바닥까지 내려왔다.

나는 바짝 얼었다. 한입에 도솔천이 나를 집어삼켜 버리는 상상을 했다. 수억 가닥의 실을 뻗어 나를 의지도 인격도 없는 입자체로 분열시키는 상상을 했다. 그는 아무런 악감정도 의지도 없이 그리할 것이다. 그는 모든 개체성과 독립성에 대한 집착을 알지 못한다. 알지 못하니 부수는 것에 악의가 없다.

"근원의 나로 돌아가려는 것이다. 너희들이 그러했듯이."

속내를 알 수 없는 도솔천의 황금빛 눈동자가 눈부시게 빛을 내었다. '근원으로의 회귀'는 도솔천이 이해할 수 있는 유일한 욕망이다. 한때 그는 마고, 반고, 선문대였고 다른 많은 친구들이었다. 모두가 개성 넘쳤고 인격과 구별성이 확고했다. 지금 그의 모습 어디에서도 그들의 흔적을 볼 수가 없다. 당시 합일하며 자아의 상실을 아쉬워했던 모습은 조금도 남아 있지 않다.

"나는 단지 합일을 다 끝낼 때까지만 나반의 자아를 유지하려는 것이다. 아만처럼 철저히 분열되고 개체화된 자를 거둬들이려면 방법이 없다. 내가 나반이 아닌 다른 인격이되고 나면 끝까지 가지 못할 수도 있다."

도솔천은 반쯤은 이미 예전에 다 들었다는 듯 허공에 떠도는 내 입자 한 조각을 손가락으로 비비며 고개를 주억거리기만 했다.

"아만은 분열의 가르침을 펴는 자다. 허상일 뿐인 이승의 삶이 진실이라 믿는 자다. 아만은 하계가 진실이라 믿어 의심치 않은 나머지 이제 명계의 실체마저 의심한다. 그러니 내가 아만과 섞이다 보면 합일의 어느 시점에서 내 신념이 변하고야 말 것이다. 그러니 나는 최후까지 나반이어야 한다."

"선지자의 인격은 3세대 아이의 조잡한 마술 따위로 억누를 수 있는 것이 아니다."

도솔천은 다시 한 번에 바닥까지 내려왔고 나는 다시 얼어붙었다. 도솔천쯤 되면 마음을 읽기 위해 몸을 이을 필요도 없다. 그는 눈치의 화신이다. 아만과 분리되기 전의 내가 그러했듯이.

"도움을 받는 것뿐이다. 합일은 내 의지가 하는 것이다."

"의지는 아만에게도 있다, 나반. 전체와 전체로서 맞붙었을 때 선지자 사이에 힘의 우열은 없다."

나는 눈을 감았다. 다시 두려움이 나를 삼켰기 때문이었다.

"네 말대로 내가 아만에게 오염되는 만큼 아만도 내게 오염될 것이다. 그러면 실패한다 해도 우리가 더 타락하는 것은 막을 수 있을 것이다. 세계의 타락 또한."

내 말에 도솔천이 고개를 끄덕였지만 동의했다는 뜻인지 이미 다 아는 내용이란 뜻인지 알기 어렵다.

그가 서 있는 구멍이 숭숭 난 나룻배 아래에서 핏빛 강물이 출렁인다. 강 저편은 격렬하게 끓고 있다. 증기가 퀴퀴한 버섯구름을 만든다. 바위는 녹아내려 강처럼 흐르고 암벽도 물렁물렁하다. 이 강 저편에 수천, 수만 년을 고통받는 망자들이 갇혀 있다. 그들은 당혹스러워한다. 고작 한 번의 생에서 부모를 싫어하거나 거짓말을 하거나, 편식하거나 음식을 남겼다는 이유로, 조금 강퍅하거나 옹졸했다는 이유로 왜 이토록 길고 끔찍한 죗값을 치러야 하는지. 왜 명계의 법도는 이리 무자비한지.

……그들 모두가 아만이다.

아만의 분리된 조각들이다.

저 안에 갇힌 그 어떤 이들도 죄인이 아니다. 흔한 불운과 흔한 모자람과 흔한 실수뿐이다. 때로는 선생의 교육이었고 때로는 스스로 택한 고행이었다. 단지 저 안에서 소소하게 능력을 깨달은 개체들이 제 상상으로 자신의 죽음을 저 꼴로 만들었을 뿐이다. 빠져나올 만큼의 힘은 깨닫지 못한 채로.

"도솔천, 나는 더 이상 타락할 수 없다. 이것이 남은 유일한 방법이다."

"전체적으로 동의한다."

도솔천이 답했다. 그가 말하는 '전체'는 내 말의 전체가 아니라 '내' 몸의 전체다. 그의 입장에서 '나'는 곧 도솔천이며 이 명계 전체다. 그는 자신과 명계를 동일시하듯이 나와 명계를 동일시한다. 도솔천은 단지 내 타락이 전체에 미칠 오염을 걱정한다. 명계는 더 이상 타락할 수 없으니 그 점에서 내게 동의하는 것이다. 나반이라는 한 개체의 타락이나 치유는 그에 비하면 사소한 일이다.

"하지만 지금 네가 역으로 아만에게 먹히면 타락이 더 번질 수도 있다. 달리 우리가 아만을 격리해둔 것이 아니다. 치유되기를 기다려야 한다."

"원칙은 이해하나 내겐 시간이 없다."

나는 다시 그가 '나'의 범위를 다르게 이해하리라 생각하며 답했다.

"아만은 분리의 선지자다. 합일에 응하지 않을 것이다. 실패할 것이다."

"그러면 그 또한 배움이 될 것이다. 나는 실패로부터 배울 것이니 그때 나를 거둬들여다오."

나 또한 한 걸음 들어갔다. 본심이 아니었다. 곧 죽어도 원하지 않는 일이었다. 도솔천과 합일하느니 복희와 합일하는 것이 천 배 낫다. 복희와는 중화되어 다른 이름을 가진 새 개체가 되리라는 기대나마 할 수 있지만, 도솔천과 합일하면 그저 더 큰 도솔천이 될 뿐이다. 이를 저어하는 것이 타락의 징조인 줄은 알지만 싫은 것만은 어쩔 수가 없다.

도솔천은 답하지 않았다. 다른 의미로 싫은 기색이 느껴졌다. 도솔천은 나와 아만과의 합일은 가장 나중으로 미뤄두었을 것이다. 타락한 이를 먹는 것은 도솔천 입장에서는 배설물을 먹으라는 것이나 다름없는 일일 테니.

"그러니 보내다오."

"나는 막기 위해 온 것이 아니다, 나반."

도솔천은 공중에 손가락을 뱅뱅 맴을 돌리며 국수 면발을 말듯이 내 입자를 끌어들였다. 막을 수 없는 줄은 안다. 여지없이 끌려들어 간다. 뼈다귀처럼 바짝 마른 손가락 주위로 내 입자가 실처럼 빛을 내며 모여들었다. 하계로 치면 팔을 꺾거나 목을 조이는 것과 별다르지 않다. 똑같이 자아를 위협한다는 점에서.

"모든 선지자의 의지는 내 의지다, 나반. 선지자가 선지자의 결정에 토를 달 이유는 없다. 나는 단지 오랜 격언을 생각할 뿐이다. '타락한 자는 제가 타락했는지 알지 못하며, 타락을 늘리는 방향으로만 움직인다.'"

"내가 하려는 일은 합일이다. 우리 모두의 궁극적인 목표다. 세상의 끝에 이루어야 할 일이며 또한 그때 세상이 끝날 것이다. 합일이 타락을 늘릴 리가 없다."

"탄재는 내버려두었던데."

"그 애는 내버려……."

나는 말을 멈추고 바꿨다. 논리적이지 않았기 때문이다.

"자아를 유지한 채 합일하는 방법을 알고 있는 개체다. 만약을 대비해 놔둔 것이다."

도솔천은 다시 납득했다는 건지 그렇게 말할 줄 알았다는 건지 모를 얼굴로 고개를 끄덕였다.

"나반. 네 뜻에 공감하지만 너는 이미 한 번 실패했다. 위험을 감수하느니 선지자 모두와 함께 아만과 너를 포함해 '아이사타' 전체를 해체하는 것이 답이라 생각하지 않는가."

나는 침묵했다. 도솔천이 무표정한 눈으로 내 초라한 바닥을 샅샅이 훑고 있다는 것을 느낄 수 있었다.

"도솔천……. 원하지 않는다."

나는 결국 답했다.

"최소한 내가 본래의 나로 돌아가게 해 다오. 나는 나와 아만 이외에는 아무와도 합일하고 싶지 않다. 나반의 자아를 포기한다 한들 아이사타의 자아까지 포기할 수는 없다."

말끝에 다시 두려움이 일었다. 나는 설명하지 않았고 설명할 도리가 없었다. 결국 나는 비합리를 드러내고 말았다. 이제 도솔천이 나를 먹거나 영원히 격리한다 해도 할 말이 없었다. 나는 얌전히 눈을 감고 바라지 않는 결말을 받아들일 준비를 했다.

하지만 도솔천은 움직이지 않았다. 그에게는 동정심도 가해심도 없다. 타락 이외에는 좋고 나쁜 것도 없다. 단지 어느 길이 오염을 줄이고 늘이는 길인지 생각할 뿐이다.

"네 의지는 곧 내 의지다. 나반."

도솔천이 말했다.

"방향은 다르나 네 말은 합당하다, 나반. 청정한 자들끼리 오염될 위험을 감수하느니 실패의 위험이 있다 한들 오염된 개체끼리 먼저 합일을 시도하는 것이 바람직하다."

나는 하마터면 크게 한숨을 쉴 뻔했다. 숨 쉬는 흉내를 내는 꼬락서니까지 들켰다간 기다릴 것도 없이 한달음에 잡아먹혔을 것이다.

도솔천은 강 건너를 보았다.

"나반, 의지를 붙들어라. 합일은 몸을 섞는 일이자 마음

을 섞는 일이다. 까닥하면 아만은 너를 바꿀 것이다. 그리
되면 너는 지금과 다른 목적을 갖게 될 것이다."

"그러지 않을 것이다."

생각에 잠겨 있던 도솔천이 말을 이었다.

"허나 이 또한 배움이 되겠지."

도솔천은 몸을 스윽 뒤로 빼며 나룻배에 자리를 내주었다.

"강 건너까지 안내해주겠다. 나반. 돌아올 때까지 기다리
겠다. 실패한다면 한배둥이의 정리로 내가 너를 먹어주마."

합당한 말이었지만 병중 탓에 좋은 기분은 들지 않았다.
하지만 막을 도리도 없다. 나는 찰박거리며 물 위를 걸어 배
에 올랐다. 도솔천은 배에 타는 나를 보며 물었다.

"옷은 왜 입고 있나, 나반?"

"내가 나에게 준 선물이다."

도솔천은 더 묻지 않았다.

2

예전에 쓰던 길은 암반으로 막혀 있다. 몸을 거의 기체로 만들어 가는데도 비집고 들어갈 틈이 없다. 세상에 변하지 않는 공간이 어디 있겠냐만은, 이곳의 변화무쌍함은 예측을 넘어선다. 내려앉은 지반에는 조각난 뼈와 해골이 묻혀 있다. 뼈는 상흔투성이고 짐승이 이빨로 뜯어낸 것처럼 뚝뚝 끊어져 있다. 예전에는 정기적으로 교사들이 설법하러 돌곤 했지만 지금은 그마저도 끊긴 곳이다.

나는 망량을 생각했다. 연심을 비롯한 모든 아이들을 생각했다. 그 아이들을 다 합치기 전의 나반은 어떤 사람이었을까?

어차피 알 수 없는 일이다. 합일한 시점에서 이미 나는

내 주체가 누구인지 알지 못한다. 작은 예우로 좀 더 오래
된 개체의 이름을 이어받았을 뿐, 지금의 나는 그들 중 누
구도 아니다. 내 인격이 그들 모두와 다르고, 내 목적 또한
그들 모두와 다르다.

실패하면 어떻게 될까. 거꾸로 아만이 나를 삼켜버리면.

나도 아만처럼 껍데기일 뿐인 육신이 내 전체라 믿으며,
하계가 존재하는 유일한 세계이며 전체라 믿고, 명계를 겁
내며 이승에 집착할 것인가. 소화기관과 신경계와 혈관과
근육 다발로 이루어진 3차원의 물질 덩어리가 내 전부라 믿
고, 그 외의 것은 나와 아무런 관계도 없는 것이라 믿게 될
까. 그러고도 아만처럼 그 상태를 유지하고 싶어 안간힘을
쓸까? 질병에 걸린 채, 질병을 선망할 것인가?

타락하면 알 수 있을 것이다. 그 전에는 알 수 없을 것이
고. 그 또한 배움이 되리라는 생각은 들었지만 마음이 닿지
않았다. 미치고 나면 미치는 것에 대해 배울 수 있다고 생
각해 보려는 것이나 비슷했다.

지표에 올라서자 열풍이 몸을 강타했다.

바람 성분의 반은 불이었고 공기는 다 타 버려 대기라 부
를 것은 남아 있지도 않았다. 물론 내가 숨을 쉴 필요도 없
고 내 몸이 뜨겁다는 감각을 느낄 턱도 없지만.

공간은 진공이나 다름없었다. 물이란 물은 모두 증발되
고, 열풍에 휩쓸려 올라갈 만한 것은 다 쓸려 올라가, 공

간의 구성성분은 기체라기보다는 액체와 고체의 중간쯤에 가까웠다.

나는 몸을 인간형으로 만들어 두 발로 섰다. 땅은 녹아 질척한 핏덩이처럼 흐른다. 무게를 만들면 가라앉았거나 휩쓸릴 것이기에 몸을 새털처럼 만들어두었다. 물론 하계의 조악한 육신이라면 이 공간에 있는 것만으로도 흔적도 없이 불타 사라졌겠지만.

그곳에 사람의 형상을 한 이들이 있었다. 녹아 질척해진 바위나 진흙덩이와 모양새는 크게 다르지 않았다. 꿈틀거리며 신음하고, 용암에 휩쓸려 가라앉았거나 돌연 솟구친 붉은 파도에 산산이 부서진다는 점에서도 또 그다지 다르지 않다.

걷다 보니 발에 걸리는 것이 있었다. 인간의 손이다. 피부가 벗겨지고 손톱이 없는 손이었다.

나는 몸을 숙여 그를 보았다. 용암을 걷어내니 반쯤 벗겨진 인간의 얼굴이 있다. 얼굴의 반은 녹아 없어지고 피부는 새빨갛게 익어 있고 팔 하나는 뼈가 드러나 있다. 드러난 뼈에 원래 살이며 근육이었던 것이 눌어붙어 있었다.

"살려주세요."

상대는 한참 만에 말했다.

"구원해주러 오신 거죠? 신인가요? 신께서 보내셨나요?"

그는 경이를 담은 눈으로 나를 바라보았다.

이런 곳에서 불타는 세계에 맨발로 옷까지 멀쩡하게 입

고 서 있는 것이 신기한 모양이다. 하지만 나는 궁금했다. 정말로 이들은 자신들의 상태가 경이롭다고 여기지 않는 걸까? 이곳의 열기는 결코 사람의 피부나 뼈를 남겨둘 만한 것이 아니다. 피부에 화상이나 입을 수준이 아니라는 것이다. 설사 피부에 화상이나 입은 수준이라도 그런 상태로 이렇게 살아 있을 수도 없다.

"다 끝난 건가요? 죗값을 다 치렀나요? 천국에 가도 되나요?"

"나는 너를 꺼내줄 필요가 없다. 이곳은 너다. 아만."

멍한 얼굴로 나를 보던 아만이 발을 헛디뎠는지 불의 바다 속으로 조금 더 빨려 들어갔다. 무슨 말인가 생각하느라 이곳이 불지옥이라는 것도 잠깐 잊은 것 같다.

"이곳은 다 네가 만든 것이다."

이곳에 올 때마다 했던 말이다. 하지만 소용은 없었다. 이곳의 기억은 열풍이 한 번 불면 사라진다. 나라고 해도, 하계와 유사한 감각기관을 갖고 이 안에서 산다면 거의 아무것도 머리에 담을 수 없을 것이다. 고통을 채우기에도 자리가 모자랄 테니까.

"아파요."

"고통은 없다."

불편한 의심이 아만의 눈에 들어찼다. 기대한 말도 원하는 말도 아닌 듯했다. 날개를 달고 강림한 것이 제 몸을 꺼내어 이곳과 완전히 다른 공간에 놓아주기를 기대했을 것이다.

"여긴 다 너다. 이해해야 한다. 아만."

"아만이 누구죠?"

"너희들이 다 아만이다."

이해하지 못하는 얼굴이었다.

"너희는 내가 지상에서 수거한 아만의 조각들이다. 너희들은 이곳에 격리되었고 합일도 못 하고 빠져나가지도 못한 채로 자신만의 상상의 죽음을 만들었다. 이곳은 다 네가 만든 것이다. 이 전체가 너다."

"우리가 만난 적이 있나요?"

있다마다. 나는 눈을 감고 차 향을 떠올렸다. 햇빛이 쏟아지는 창가에 누워있던 노쇠한 아만을 떠올렸다. 복희가 만들어 내게 보여주었던 흙인형을 생각했다.

이 개체와 함께한 생 중에서도 가장 선명한 것을 떠올렸다. 나는 모든 종류의 아만과 교류했지만, 이자와 함께 한 삶이 가장 뜨겁고 격렬했다.

그 생에서 마지막으로 보았던 그의 눈을 생각했다. 동공은 검은 달처럼 빛났다. 눈이 감기자 짙은 속눈썹에 고여 있던 물이 흘렀다. 우리는 살아 있었고 생명 전체가 서로의 것이었다. 마치 우리가 처음부터 하나였고 오랫동안 그리워했던 내 일부를 도로 찾은 것 같았다. 모든 고통이 내게 오고 모든 행복이 이 사람에게 간다 해도 그 삶을 축복할 수 있을 것 같았다. 내가 죽고 이 사람이 산다 해도 내가 사는 것이나 다름이 없었다.

"그 이상이지. 너와 나는 하나였다."

'실패할 것이다.'

나는 머릿속에서 울리는 도솔천의 말을 무시하고 아만의 손을 잡았다. 잡은 동시에 빨아들였다. 아만은 쇳덩이 같았다. 단단하게 분리되어 있었다.

나는 전송기를 마음에 떠올렸고 내 몸의 일부를 기계화한 뒤 전선 다발을 만들어 내어 아만의 몸에 꽂았다. 아만은 소리를 질렀다. 내가 자신을 천국에도 지상에도 데려갈 생각이 없다는 것을 알아차린 것 같았다. 뭍에 나온 물고기처럼 파닥거리며 살려달라고 애원했다. 이해할 수가 없었다. 그 긴 세월을 불가마 속에서 살았으면서도 아직도 살고 싶다는 생각이 남아 있단 말인가?

"저항하지 마라. 너를 구하려는 것이다."

'누구보다도, 너를 먼저.' 하는 생각을 떠올렸다가 나는 마음속으로 고개를 저었다. 개체를 구분해서 생각하는 것이야말로 타락의 징조다.

내가 아랑곳하지 않고 끌어들이자 아만의 눈빛이 변했다. 공포와 원망에서 분노로, 싸우려는 의지로 변한다.

아만의 몸이 반응하기 시작했다. 몸 전체로 나를 거부한다. 내가 박아 넣은 전선 주위로 백혈구가 생겨나 모여들었고 상처를 막기 위해 혈구가 엉기며 혈병을 만든다. 몸을 녹이는 화학물질이 들어오자 면역체계가 이를 중화시키는 물질을 만들어 내며 저항한다.

'그래, 그렇게 나와야지. 그래야 한때 나였던 것이라 할 수 있지.'

나는 몇 가지 화학식을 생각했다. 네 개의 팔을 가진 탄소분자와 무엇에든 들러붙어 반응하는 산소를 생각했다. 그들을 여러 조합식으로 재조립해 생체조직을 분해하는 화학물질로 바꾸어 아만의 몸에 투여했다. 나는 찔렀고 상대는 막았다. 나는 빨아들였고 상대는 거부했다. 한바탕 화학식과 분자식의 전쟁이 일어난 뒤에야 나는 겨우 하나를 잡아먹을 수 있었다.

그러고 난 뒤에 몸을 더듬었다. 몸의 변화보다는 정신의 변화를 살폈다. 사람 하나 분량의 기억이 들어오지는 않았는지. 그만큼 내가 변하지는 않았는지.

그대로였다. 단지 커졌을 뿐이다. 아만은 내 일부가 되었지만 녹아들지는 않았다.

성공이야.

나는 안도했다. 긴장이 풀어지자 웃음이 났다.

할 수 있어. 나를 유지할 수 있어. 나반으로 남을 수 있어. 이렇게 하나씩 천천히 하다 보면······.

그리고 나는 뒤흔들렸다. 몸이 고삐가 풀린 망아지처럼

날뛰었다. 폭주하는 엔진처럼 내 몸이 주위를 빨아들이기 시작했다. 용암이 벌컥거리며 밀려들어 왔고 바윗덩이와 흙더미가 쏟아져 들어왔다. 그 안에서 아우성치던 영혼들이 같이 휩쓸려 들어왔다.

내가 삼키는 법만 익혔지 멈추는 법을 익히지 못했다는 것이 떠올랐다. 나는 황급히 몸을 변형하려 했지만 반쯤 기계로 바꿔 놓은 내 몸은 말을 듣지 않았다.

내 안에서 수천수만의 인격이 제각기 날뛰었다. 감정이 이리 뒤틀리고 저리 뒤틀렸다. 누구 하나 섞이지도 합일하지도 못한 채 내 안에서 아수라장으로 들끓었다.

나는 속에 있는 것을 다 게워내고 싶은 기분으로 주저앉았다. 아만, 분리의 선지자, 개체성의 선지자 수억 개가 내 안에서 전부 살아 날뛰었다.

'나는 다른 것이다.'

'나는 네가 아니다.'

'나는 나고 너는 나와 같지 않다.'

아니야. 나는 맹렬히 거부했다.

'너희들은 전부 나다…….'

말이 먹히지 않았다. 전부 튕겨 나왔다.

틀렸다. 나는 벼락처럼 깨달았다. 이 합일 방식을 생각했을 때부터 나는 이미 아만과 나를 분리해서 생각하고 있다. 내가 아만이 나라는 것을 받아들이지 않는 한 그들도 나를 받아들이지 않는다. 안에 들어온 것이 모두 병균처럼 나를 공격한다.

'실패할 것이다.'

도솔천의 목소리가 마음속에서 속삭였다. 그 와중에도 지옥은 벌컥거리며 내 안으로 쏟아져 들어왔다.

나는 질척한 강바닥을 찰박찰박 디디며 걸어 나왔다. 발은 거무죽죽했고 발톱은 노랗게 죽어 갈라져 있었다. 발뒤꿈치에서부터 몸이 분자로 흩어졌다가 돌아오고, 액화되어 흘러내렸다가 도로 굳어 몸으로 흡수되었다.

내 뒤에 남아 있는 지옥은 사막처럼 황량한 황야뿐이었다. 절벽도 산도 내려앉았고 피의 강도 말라붙었다. 용광로에서 끓던 이들도 얼음지옥에서 얼어붙어 있던 이들도 다 먹어치웠다. 도깨비에게 붙들려 칼에 베이던 이들도 굶주림에 시달리던 이들도 모두 먹어치웠다. 굳이 먹을 이유가 없었던 모래사장과 모래바람만 뒤에 남겨두었다.

내 몸 뒤로 거대한 자루 같은 살덩이가 질질 끌려왔다. 그 자루 안에서 지옥이 끓고 있었다. 불덩이와 쇳물의 강, 용암과 끓는 솥단지, 그리고 무수한 인격들이 조금도 섞이지 못한 채 아우성쳤다.

도솔천은 여전히 낡은 나룻배 위에서 나를 기다리고 있었다. 나룻배는 강바닥에 얌전히 놓여 있었다. 진창인 강바닥에 내 발이 깊이 파였다. 도솔천은 그 발자국에 눈을 두었다. 갓 잡은 생선을 넣은 봉지처럼 펄떡거리는 내 살덩이도 눈여겨보았다.

"그대, 이름이 뭔가?"

도솔천이 물었다. 나는 잠시 답하지 않았다. 나는 실패했다. 나는 소멸한다. 나는 죽음을 목전에 두고 있었지만……, 그래도 아직은 아니었다.

"나반."

내가 답하자 도솔천은 감탄스러운 표정을 지었다. 일부러 지은 표정이 아니었다. 나는 나룻배에 올라탔고 도솔천은 물도 없는 강을 저어 나를 바래다주었다.

지옥을 떠난 나는 이내 의식이 흐려졌다. 의식이 흐려진 탓에 몸을 구성하지 못하고 분자체로 흩어졌다.

한동안은 내가 나반인지 지옥인지, 나반의 승계인지 지옥의 승계인지 생각했다. 이어서는 그 생각 전체가 허상이라는 것을 깨달았다. 나반도 지옥도 아만도 다 내 일부고 결핍된 조각에 불과하다.

나는 조금 더 원래의 나에 가까운 것이 되었다. 아아, 이렇게 기쁠 수가. 이게 얼마 만인지…….

3

탄재의 우주선은 소행성 크기의 작은 별에 박혀 있었다.
우주선이 날아와 별에 추락한 것이 아니었다. 별이 날아
와 우주선을 둘러싼 것이다. 선지자가 왔다는 뜻이다.

우주선 벽은 녹으로 벌겋고 이끼와 곰팡이로 새파랗다.
덩굴식물이 창을 깨고 자라나 뒤덮었고 어떻게 비집고 자
랐는지 모를 굵은 나무도 하나 외벽에 박혀 있다. 얼마나
시간이 지났을까. 내가 어느 시간선을 흘러다녔는지 모른
다는 것을 생각해 보면 하계에서는 백 년이나……, 아니 천
년이나 만 년이 지났을 수도 있다.

나는…….

나반으로 돌아와 있었다.

맙소사. 본래의 자아로 돌아간 것에 들떠 대체 얼마나 떠돌아다닌 건가. 자의식조차도 없이 황홀경에 휩싸여서. 빛의 무더기나 세포무더기나 다름없는 상태로. 하지만 세포무더기였을 때엔 그 상태가 즐거워 마지않아 되돌아올 생각도 들지 않았다.

몸이 용암처럼 들끓었다. 지금 인간의 형상으로 집약한 이 부분을 제외하면 내 몸의 나머지는 기체분자의 형태로 이 별을 대기처럼 두껍게 둘러싸고 있었다. 사이사이 정전기가 일고 화학반응이 일어나며 번개와 천둥이 쳤다. 나는 매 순간 그 분자체의 형태로 돌아가고 싶은 강렬한 유혹에 몸부림쳤다.

내가 왜 여기에 있을까.

그제야 내가 아직 흡수하지 못한 내 조각이 있다는 생각을 했던 기억이 났다. 왜 그걸 내버려두었는지 의문했던 기억도 났다. 그걸 마저 흡수할 생각에 흥겨웠던 마음도. 그러려면 나반의 모습을 구현하는 것이 설득에 유리하리라는 생각을 한 것까지도.

끔찍한 기분이 들었다. 나 자신의 생각이었건만 감당이 되지 않았다. 딱히 이상한 생각도 아니건만 어처구니없게 느껴졌다. 이어서는 그 어처구니없음이 어이없었다. 작아지는 바람에 아만의 인자가 강하게 작용하고 있다는 생각이 퍼뜩 들었다. 어서 되돌아가 균일하게 몸을 분포해두지 않으면 분리를 추구하는 아만의 인자가 어떻게 발현할지 모른다.

하지만……

나는 눈에 힘을 주고 비틀거리며 일어났고 우주선으로 기어갔다. 땅에 반쯤 박힌 해치를 손으로 힘겹게 돌려 열었다. 벽을 설득할 기력도 통과할 기력도 없었다. 우주선도 마찬가지로 나와 대화할 기력이 없어 보였다.

나는 발로 땅을 디디며 안으로 들어갔다. 날아가거나 통과할 수도 없었다. 내가 디딘 자리마다 물이 흥건했다. 땀이 흐르는 것이 아니라 몸을 제어하지 못해 액화되는 것이다. 두어 번은 기화되었다가 간신히 몸을 추스르고 다시 걷기도 했다.

기관실은 내장이 뜯겨 나간 고래처럼 껍질만 남아 있었다. 안에 있는 것들은 다 밖으로 끌어내겼고 아이들이 분주히 물건을 들고 나르며 오갔다. 어린아이들이었다. 사지를 만들고 눈이나 입에 구멍이나 뚫어둔 것이 전부다. 투명하거나 발이 없이 떠다니는 아이들도 많다.

그 한가운데에 형체를 제대로 갖춘 친구가 있었다. 한참 생각을 더듬은 뒤에야 이름이 떠올랐다. 재화(載貨), 복희의 아이다. 복희보다도 좋아하지 않는 친구다. 본질적으로 같은 것이니 닮을 수밖에 없겠지만, 훨씬 더 철이 없는 것이다. 복희가 쾌락을 추구한다면 재화는 그 이름 그대로 단지 재화를 추구한다.

몸집은 산처럼 크고 대머리에 배는 툭 불거져 있고 사람 좋아 보이는 인상에 두툼한 코 아래에는 수염 두 가닥이 뽑혀 나와 있다. 하계의 어느 음식점에서 부귀를 갖다 준다며 계산대 옆에 놓아두는 저금통처럼 보인다.

"이것 보게, 종이까지 만들고 있었군."

재화는 먼지투성이 바닥에서 흩어진 종이를 들며 중얼거렸다.

"뭐로 만든 거지? 나무라도 두들겼나?"

종이는 팔랑거리고 사각거렸다. 재화의 몸이 흐물흐물하고 경계가 불분명한 것에 비해 확연히 다른 종자였다. 그 종이는 타락한 것이나 다름없었다. 자신이 주위와 같은 것인 줄도 모르고 자신에게 지성이 있는 줄도 모른다.

재화는 종이를 흡수해보려다가 잘 되지 않는지 구겨 찢어내었다. 무슨 짓을 당해도 종이는 합일을 거부한다. 개체성을 유지할 수 없을 바에야 소멸해버리겠다고 주장하듯이.

종이가 내 발밑에 몇 조각 떨어지고 난 뒤에야 재화는 나를 발견했다.

"나반……,"

재화는 조금 뜸을 들였다가 덧붙였다.

"선생님."

"누구 허락을 받고 여기 온 거냐?"

주변을 치우던 아이들이 멈춰 섰다. 재화가 손짓으로 아이들을 물리며 나를 잘 보기 위해 뒤로 물러섰다. 녀석은 덩치를 어찌나 크게 만들었는지 꽤 물러나야 했다. 재화는 내게 몸을 숙였다.

"오랜만에 뵙습니다. 근원으로 돌아가서 영성에 드셨다고 들었습니다만."

세월이 얼마나 지난 걸까. 모든 것이 낯설다. 아니, 세상이 변한 것이 아니다. 내가 변한 것이다. 내가 변해서 모든 것들이 낯설게 느껴진다. 모든 말이 다르게 해석된다.

"여긴 내 영역이다. 왜 쾌락파가 청빈파의 영역에서 설치는 거냐?"

"아, 요새 사조를 잘 모르시겠군요. 도솔천께서 행정개편을 하셔서 모든 분파를 통합하셨습니다. 쾌락파도 그 산하에 속하게 되었고요."

재화가 손가락 끝에서 명함 한 장을 만들어 내게 내밀었다. 나는 움직임 없이 옆구리에서 가는 실 같은 촉수를 뽑아내어 명함을 빨아들여 삼켰다. 재화는 당황해하다가 손을 툭툭 털었다. 명함 한 장분이나마 제 몸을 잃은 것을 아쉬워하듯이.

"나반께서 지옥을 통합하시어 원형의 우주로 되돌아가셨지만 타락은 사그라지지 않았어요. 아무래도 질병이 너무 퍼진 까닭이겠지요. 도솔천께서 결단을 내려 아이들을 대대적으로 교화하는 작업을 시작하셨습니다. 타락이 의심되는 아이들은 모두 강도 높은 교육에 들어갔고, 가망이 없다 판단한 이들은 도솔천께서 합일하고 계십니다.”

마지막까지 남아 있던 아이들이 '하나, 둘, 셋!' 하는 기합과 함께 벽에 붙은 남은 계기판을 뜯어냈다. 전선과 전원선이 갈라지고 뜯겨나간다. 명약과 관화는 묵묵히 받아들였다. 비명을 지르거나 저항하지도 않는다. 그저 기능을 잃을 뿐이다. 완전하거나 존재하지 않거나, 그 중간은 없다고 말하듯이. 죽을지언정 누구와도 섞일 생각이 없다 말하듯이.

“여기가 완전히 온상이더군요.”

선지자가 할 법한 작업이다. 도솔천이 아니라도 어떤 선지자라도 나설 법한 일이다. 타락한 물건은 분해하고 되돌려야 한다. 하지만 모든 것이 이상하기만 했다. 불합리하게만 느껴졌다.

“몸이 안 좋아 보이십니다.”

재화가 내게 손을 뻗자 나는 형태를 없애고 몸을 늘이고 흩뿌려놓았다. 하계와는 다른 의미로 시선을 피한 셈이었다.

“탄재는 타락하지 않았다. 설사 타락했다 한들 이를 판별하는 것은 나여야 한다.”

“예.”

재화가 답했다.

“그렇게 말하면 너무 온건하죠. 탄재는 다음 세대의 거짓 선지자입니다. 아만의 후계자죠.”

속이 들끓었다. 기다려. 이것만 끝내고. 나는 내 몸에 속삭였다. 이 인격은 곧 무너진다. 무너지고 나면 너희들 마음대로 할 수 있을 것이고. 잠시만, 잠시만 시간을 줘.

"탄재는 그간 타락한 아이들을 끌어들여 숨겨주고 하계로 돌려보내는 일을 하고 있었습니다. 애초에 계속 명계의 지식을 하계에서 구현하려 했을 때부터 의심했어야 했습니다. 하계에 방점을 두고 있는 놈이었어요."

"……."

나는 눈을 굴렸다. 통상의 방식으로는 아니었다. 등에서 수십 가닥의 길고 가늘고 부드러운 살덩이를 뽑아내고 그 끝마다 뒤룩거리는 눈알을 만들어 박았다. 재화가 움찔했다. 나는 끈을 뻗어 기판 속을 뒤지고 환풍구를 꾸물거리며 기었다. 물건을 옮기는 아이들 사이를 두리번거리고 포장한 상자 속으로 기어들어갔다.

재화는 내가 시위를 하는 줄 알겠지만 그렇지 않았다. 원래대로라면, 적어도 내 아이의 집 안에서라면 몸을 뻗거나 눈알을 만들지 않아도 볼 수 있어야 했다. 하지만 눈을 구현하지 않으면 보이지 않았다. 아니, 볼 수 없으리라는 생각이 들었다.

나는 몇 겹으로 비밀장치를 해 놓은 격납고를 찾아내었다. 수십의 아이들이 거기에 있었다. 그새 체계를 갖추어 놓았는지 스무 대의 전송기가 자동으로 전송작업을 하고 있었다. 아이들이 서로 도와가며 전송기에 누워 하계로 탈출하고 있었다. 수색반이 덮쳤을 때 탄재가 자기보다 아이들을 먼저 숨긴 모양이었다.

탄재는 가까운 방에 있었다. 횅한 창고에 놓인 작은 철제 상자에 갇혀 누워 있다. 숨구멍도 창도 없는 것이다. 없다고 해서 죽을 리는 없겠지만. 죽지는 않겠지만…….

격리는 흔한 교육이다. 상자 안이나 밖이나 같다. 저 안이라 해서 더 힘들거나 괴로울 것도 없다. 보지 못할 것도 없고 하지 못할 일도 없다. 그런데 끔찍하게만 느껴졌다. 못할 일을 하는 것만 같았다.

"탄재가 만든 물질을 썼습니다. 많이 배려했지요."

재화가 내 시선을 따라가며 말했다.

"벽과 자신이 같다는 것만 알면 나올 수 있어요. 애들도 다 하는 겁니다. 나이가 몇이나 됐는데 그 정도도 못 하나요."

"탄재를 명계에 묶어 두어서는 안 돼. 시대가 정체되거나 몇십 년쯤은 뒤로 갈지도 몰라."

"무슨 상관입니까?"

재화가 어리둥절해져 물었다. 빈정거리는 것이 아니라 진심으로 묻는 것이었다.

"그것도 배움입니다. 하계가 계속 성장하는 것만이 의미가 있다고 말씀하시는 겁니까? 생태계 전체가 파멸한다 해도 그 또한 배움입니다. 배움에는 우열이 없습니다."

맞는 말이다. 그런데 고깝게만 들린다. 미친 소리 같았다. 이 말이 조금 뒤에는 어떻게 들릴지 알 수가 없었다. 멱살을 잡고 어디서 헛소리를 하느냐며 화를 내게 될지도 모른다.

"탄재는 내 아이다. 다시 말해 원래 나였고. 그러니 이곳은 내 영역이며 내 몸이다. 내가 돌아왔으니 내가 처리하겠다."

"저도 선생님의 아이죠. 제 모체이신 복희 선생님도 한때는 선생님과 하나였습니다. 우리 모두가 서로의 부모고 아이입니다."

"촌수가 멀어."

"쌀쌀하시네요."

재화는 제 배 아래를 툭툭 쳤다.

"그래도 한때 몸도 섞은 사이인데 말입니다."

"……."

"아직도 그때 일로 원망하시는 건 아니겠죠?"

재화는 내 어느 생 중 하나에서 내가 있던 고아원의 원장이었다. 아이 하나당 나라에서 지원을 받았다. 재화는 사람을 돈으로 보았다. 미아보호소에서 아이를 데려와서는 집 전화번호며 수첩 같은 것을 태워버렸다. 고아원을 수소문해 찾아온 부모를 돌려보내는 일도 있었다. 주소를 기억하는 아이는 잊을 때까지 때렸다. 나는 부모와 집에 대한 대부분의 것을 기억했기 때문에 매일 맞았다. 같이 있던 아이들을 대신해서 맞기도 했다. 함께 고통받았던 아이들은 대부분 내 아이들이요 제자들이었다.

"그런 생을 좋아하시잖습니까."

"……."

나는 이 아이가 밤마다 거침없이 내 안에 제 몸을 밀어넣던 날들을 떠올렸다. 술만 취하면 저돌적으로 내 안을 헤집었었다.

"생에서 배움을 얻으려면 누군가는 악업을 맡아야지요. 이것도 어떤 면에서는 희생입니다. 남을 위해 자기 배움을 포기하는 건데요."

"복희가 보낸 줄 알아."

"그렇습니까?"

"나름대로는 내게 가르침을 주고 싶어 하니까. 그래서 하고 싶은 말이 뭐지?"

"자신을 다 모으고 나니 배움이 보이십니까? 그 많은 생을 통해 무엇을 배우셨습니까?"

"무슨 말을 하고 싶은 거지?"

"선생님은 자신과 자신의 아이들을 타락시키는 방식의 교육을 하셨습니다. 아만 선생님처럼요."

재화의 등 뒤로 복희가 보였다. 이것은 복희의 일부다. 이번에도 복희가 몸을 나누어 내게 보낸 것이다. 나름대로는 의로운 목적으로.

"가난, 불행, 결핍, 학대, 사랑받지 못한 삶, 모두가 사람을 타인으로부터 분리시킵니다. 영적으로 타락시켜요. 세상이 자신과 같은 것인 줄 모르게 만듭니다."

"……."

"제 몸 하나만 건사하는 데에 정신을 다 잃게 만든다고요."

— 하계 사람들은 행복할 권리가 있어요.

아만의 말이 떠올랐다.

— 그들은 우리가 아니에요. 별개의 존재예요. 우리 마음대로 운명을 짜고 삶을 조정할 권리가 없어요.

나와 반대되는 사상을 가진 아이와 내가 똑같은 것이라고? 차이가 없다고? 어떻게 그럴 수가 있지? 나는 하계가 허상임을 가르치고자 했다. 그것이 오히려 하계의 삶에 집착을 가져왔다고? 우리의 분리를 가속화시켰다고? 어떻게 그럴 수가 있지? 생각해 보려 했지만 잘 되지 않았다. 나는 지금 나와 연결된 내 모체와 소통할 수가 없고, 남의 마음은커녕 내 마음도 다 들여다볼 재간이 없었다.

"저와 함께한 생에서 무엇을 배우셨습니까?"

재화가 질문했다.

"내가 모르는 큰 의지가 있어 이 인생을 살게 하였구나, 내가 택한 인생이다, 뭐 그런 생각을 하셨습니까? 삶에 배움이 있으니 참 좋구나 하고요. 허튼소리! 선생님은 그저 매양 아파 울부짖는 어린애였을 뿐입니다."

나는 인정했다. 인정한 만큼 비웃음이 일었다. 이자가 나와 내 아이들의 닮은 점은 알아도 저와 나의 닮은 점은 상상하지 못하는 점에 대해서. 우리가 다 같은데 타락이 어디 한쪽에만 깃들랴. 내가 타락했는데 어찌 세상은 타락하지 않을 것인가.

"희생이라……."

나는 재화에게 다가갔다. 내 손의 열 배는 될 법한 두꺼운 손가락에 손을 얹었다. 하계라면 이 정도의 물리량 차이라면 재화가 조금 힘을 쓰는 것만으로도 내 쪽이 으스러졌겠지만 지금 내 몸은 눈에 보이는 곳에만 있지 않다.

"희생이지. 네가 상상하는 이상으로 큰 희생이었고."

재화는 내 마음을 감지했다. 감지는 했지만 믿지는 못했다. 선지자가 할 만한 결정이 아니기 때문이다. 하지만 나는 지옥을 품에 안고 있다. 못할 일이 없다.

"남에게 고통을 주는 만큼 공감을 잃는다. 상대가 자신과 같은 것임을 잊는다. 고작 내게 가르침을 주겠다는 초라한 욕망으로 얼마나 분리되었지? 남은 몸이 얼마나 되지?

다스릴 수 있는 영역이 얼마나 되나?"

손에서 공포가 전해졌다. 작았다. 잡은 것만으로도 알 수 있었다. 이자는 자신을 다 끌어모아 보았자 이 몸뚱이 하나를 만드는 게 전부다. 하지만 고작 생 하나의 쾌락을 위한 대가로는 어처구니없을 만큼 큰 것이었다.

내가 몸의 밀도를 높이자 주위가 탁해졌다. 기체분자로 떠돌던 내 입자가 서로 뭉치며 부딪쳤다. 입자가 부딪치자 파직거리며 정전기가 일고, 정전기에 가열된 입자가 일시적으로 팽창하면서 우레와 같은 소리를 낸다. 내 뒤에서 번쩍이는 섬광 탓에 재화의 몸에 그늘이 졌다.

"선생님."

재화가 목이 졸리는 목소리로 말했다.

"왜, 왜 이러십니까. 저는 아직 배움이 끝나지 않……."

재화를 먹은 나는 주저앉았다.

내 의지와 관계없이 몸이 뻗어 나갔다. 눈에 띄는 대로 빨아들이고 집어삼켰다. 기판을 들고 가던 아이들을 집어삼켰다. 우주선 밖에서 증거품에 딱지를 붙이던 아이가 빨려 들어왔다. 기판 사이사이에 자라는 이끼를 삼켰고 벽을 타고 오른 덩굴식물을 삼켰다. 이후에는 우주선이 파묻혀 있는 땅을 헤집었다. 흙을 파먹고 나무뿌리를 빨아먹었다. 과정에 설득도 대화도 없었다. 꾸역꾸역 몸에 들어와 앉은 것들이 당황해 상황을 파악하지 못하고 아우성쳤다.

멈출 수가 없었다. 모든 것이 맛있게 느껴졌다.

'탄재를 구해야 한다.'

나는 생각했다. 동시에 의문이 들었다. 왜 그래야 한단 말인가? 그냥 교육을 받고 있을 뿐이잖는가. 그야, 빠져나오는 데 천 년쯤 걸릴 수도 있겠지만, 그게 뭐 대수란 말인가. 그냥 눈 한 번 깜짝할 시간일 뿐인데. ……나는 고개를 가로저었다.

'구해야 한다.'

나는 바닥에 스며들었다. 물처럼 흘러내렸고 탄재가 들어 있는 상자 앞에서 모습을 구현했다. 걸어갈 힘이 없어 잠시 몸을 흩트렸다가 상자 앞에서 다시 조립했다. 철 상자는 틀에 넣어 한 번에 짜낸 듯했다. 이음새도 없고 못질한 흔적도 없다. 나는 탄재를 상자 안에서 빼내려다가 불가능하다는 것을 깨닫고 상자 전체를 흡수했다. 고집이 센 물건이라 맛이 없었다. 재화와 그 아이들을 삼키고도 멀쩡했던 몸에 구토증이 일었다.

탄재는 머리를 감싼 채 누워 있었다. 그리 긴 시간이 아니었을 텐데도 예전의 모습을 알아보기 힘들었다. 액화된 몸은 젖어 있었고 얼굴은 거무죽죽했고 머리는 희끗희끗했다.

"괜찮으냐."

"뭐 하다 이제야 오셨어요?"

탄재가 덜덜 떨며 말했다.

"바쁘셨겠죠. 할 일이 많으셨겠죠."

몸이 흔들렸다. 나는 잠시 기화되었다가 정신을 차리고 다시 몸을 수습했다.

"선생님은 이게 뭔지 상상도 못 하시겠죠. 그리 많이 사셨으면서도 돌아오면 다 별일 아니라며 치워내 버리시니까. '하계가 다 그렇지.' 하고 하하하 웃고 넘어가시죠. ……벽을 뚫고 나오는 게 뭐가 힘드냐고?"

탄재는 하계의 욕을 몇 개 읊었다. 누구를 말하는지 모를 내 어머니와 조상도 모욕했다.

"이게 뭔지 선생님은 하나도 몰라요. 선생님은 고통을 몰라서…… 그냥 즐기는 거예요."

"그런 모양이다."

내가 구슬프게 답했다.

"다른 스승을 찾아가거라. 내가 네게 맞지 않았다."

탄재의 울먹이는 소리가 멀어졌다. 시야의 위치가 변했다. 내 감각은 행성을 둘러싼 대기의 외벽 즈음에 놓였다. 저 아래, 기체화한 내 몸 한가운데 있는 작은 소행성이 느껴졌다. 그 소행성에 놓인 우주선 안에 자리한 작은 내 자아의 조각을 응시했다. 내가 지금까지 저기서 뭘 한 걸까 생각하던 차에 다시 퍼뜩 돌아왔다.

나는 다시 나반이었고 탄재의 앞에 작은 인간의 형상으

로 앉아 있었다. 이 인격을 오래 유지하지 못하리라는 것
을 예감할 수 있었다. 재화와 쾌락과 아이들까지도 삼켜버
린 내가 어떻게 변질될지, 이후의 내가 어떤 목적성을 갖고
움직일지도 가늠할 수 없었다. 내 인격의 종말을 생각하니
서글펐다. 타락의 징후인 줄은 알아도 어쩔 수가 없었다.

"죽여주세요."

탄재가 애원했다.

"죽음은 없다."

"그럼 소멸시켜 줘요."

"그럴 방법은 없다."

이것이 탄재에게 하는 마지막 설법이라는 예감이 들었
고, 먹히지 않으리라는 예감도 들었다. 나는 탄재의 어깨
를 어루만졌다. 탄재는 더러운 것이라도 닿듯 손을 내쳤다.

"환생하도록 도와주마. 내려가면 다 잊을 거다."

"못해요, 난 못해요. 살아봤자 어차피 죽잖아요. 죽으면
다시 다 기억나잖아요. 난 못 견뎌요. 내 영혼은 끝났어요.
사라지는 것은 없어. 기억은 영원하고 생도 영원해……."

"잊게 된다. 믿어라."

"못 해요!"

탄재가 내게 손을 내밀었다.

"합일해 줘요."

나는 입을 다물었다.

"가져가요. 그럼 죽는 것도 아니고 다시 나로 돌아올 필요도 없어요. 선생님이라면 이 기억을 가져도 괜찮겠죠. 잊을 수도 있고 받아들일 수도 있겠죠. 난 못해요, 하지만 선생님이라면 하실 수 있잖아요."

나는 침묵했다. 이 아이는 내게 들어오면 자신은 사라지고 없어지리라 믿는구나. 내 몸에 붙은 팔이나 다리 같은 것이 되고 제 존재는 사라지리라 믿는구나. ……그리 생각하다가 웃음이 났다. 조금 전까지 나 또한 내 존재의 사멸을 회한하지 않았던가. 나반, 너는 더 이상 스승이 아니다. 이제 누구에게 가르침을 펼 수도 없다.

'뭘 망설이는 거지?'

대기권 저편에서 나 자신의 속삭임이 들렸다.

'그것까지 합일해야 완전해진다.'

'남겨두어야 한다.'

둘로 갈라진 내 마음이 동시에 생각했다.

'완전한 나로 돌아가려면 먹어야 한다.'

'안 돼.'

'타락한 아이라 먹으면 오염될 것 같아서 그러는 건가? 이만큼 먹은 시점에서는 걱정할 것이 없다. 충분히 소화할 것이다.'

'아니야.'

아니, 아니다.

탄재는 내 아이다. 무수한 생에서 나는 이 아이의 어머니였고 아버지였으며 친구였고 선생이었다. 때로는 그의 아들이었고 딸이었으며 추운 날 문을 두드린 거지였고 길에서 도움을 요청한 남루한 어린아이였다. 명계에 돌아와서는 불효를 했느니 문전박대를 했느니 핀잔을 주며 난처해 하는 꼴을 즐겼다. 그러니 나는 도저히 이 애를 없앨 수 없다.

전체로서의 내가 어리둥절해 했다.

'그건 이유가 되지 않아.'

나는 설명할 도리가 없었고 설명하기를 바라지도 않았다. '그'는 이해할 수 없다. 나도 곧 이해할 수 없게 될 것이다. 그런 생각을 하니 슬펐다.

나는 탄재의 손 위에 손을 얹었다. 탄재가 내 손을 꽉 붙들었다. 그게 제 유일한 희망인 양. 어서 가져가라고 재촉하듯이. 달콤한 향이 몸을 덮쳤다. 한순간에 탄재를 삼켜버리지 않기 위해 몸을 단단히 굳혀야 했다. 지금 내 몸은 굶주린 아귀 떼나 다름없었다. 나는 견뎠다. 이 유혹은 내 것이 아니다. 내가 아니다.

"그래도 끝나는 것은 없다. 소멸하는 것은 없다. 해석이 달라질 뿐이다."

마지막 설법이었다. 이미 나 자신도 믿지 못하게 된 설법이기도 했다.

"남아 있거라."

"뭘 위해서요?"

"네가 내 뒤를 이어야 하니까. 필요하다면 나반의 이름을 가져도 좋다."

탄재는 그제야 자기에게서 빠져나온 것 같았다. 이토록 깊은 고통에 빠져 있는데도 내 상태를 알아본다. 대저 누가 이 애를 타락했다고 하는가?

"어디 아프세요?"

"남아서 길 잃은 아이들을 도와라. 그게 네 사조가 될 것이니……."

나는 말을 하려다가 빠져나왔다.

다시 탄재의 우주선이 박혀 있는 소행성을 둘러싼 대기 분자가 되었다. 왜 내가 계속 내 몸 안에 있는 작은 미물과 의미 없는 대화를 하는 건지 어리둥절해 했다. 어서 삼켜버리고 떠나야…….

탄재는 내 팔을 잡고 끌어당겼다. 나는 확 돌아왔고 비틀거리며 쓰러졌다. 탄재가 내 몸을 부축했다.

"뭘 드신 거예요?"

"지옥을."

비유가 아니었다.

"나는 아만과 같이 사라진다. 지금껏 말하지 않았지만 나는 병들어 있었다. 내 타락을 막으려 원형으로 돌아가려 했지만 모든 것이 내 예측과 다르다. 이제 나는 내 미래를 가늠할 수가 없다."

말하는 와중에 주변이 싸늘해졌다. 세상은 타락하고 있다. 그래서 그게 어쨌다는 건가? 벽이 안타까워했다. 명약과 관화가 잠시 하던 일을 멈추고 나를 응시했다. 전함 전체가 나를 비웃었다. 탄재가 고개를 저었다.

"사라지는 것은 없어요. 사라질 수 있다고 믿는 것 자체가 타락이에요."

마음 어디에서 벼락이 치는 것 같았다.

"세상에 죄는 없어요. 죄인도 없고요. 배움이 있을 뿐이죠. 없어져야 하는 개체는 없어요. 세상에 잘못이 있다면 그건 균형을 깨는 거죠. 질량보존의 법칙을 무시하고, 세상의 총량은 같다는 것을 무시하고 세상의 일부를 지우려 하는 거죠."

나는 멍하니 탄재를 보았다. 탄재는 단지 내가 사라지는 것이 두려워 내 가르침을 이해 없이 지껄일 뿐이라는 것을 알 수 있었다. 그러나 언제나 탄재에게는 이해하지 못하는 사람만의 통찰이 있었다. 갓난아기나 어린아이가 지혜도 지식도 없는 통찰을 갖고 있듯이.

아아, 나는 그제야 알 수 있었다. 아아, 뒤늦게야. 아아, 타락한 이는 제 타락을 알지 못한다.

아, 나는 배움을 얻었으나 이 배움은 사라질 것이다. 전체의 나는 모든 배움을 삼켜 없애버릴 것이다. 밀도의 불균

등함을 해체하여 균등하게 분포시킬 것이다. 전체의 나는 아무것도 모른다. 분열되어 있을 땐 건축물이요 예술품이었지만 균일하게 퍼지면 한낱 먼지요 흙더미일 뿐이다. 나는 하찮은 것이 되고 말 것이다.

"그런 마음으로 합일하면 타락할 거예요. 그만둬요. 본래대로 돌아와요."

나는 이 아이가 이제 나보다 현명하다는 것을 인정할 수밖에 없었다. 아니, 이제 아무리 어린아이라도 나보다는 현명할 것이다. 아무 지식 없이 지상에 태어난 미물도 나보다 현명할 것이다.

나는 탄재를 확 끌어당겨 품에 안았다.

품에 안은 채로 우주선을 둘러싼 내 기체화한 분자를 세심하게 움직였다. 우주선 벽에 말라붙은 덩굴식물을 잡아뜯고 태우고, 뜯겨나간 전선을 잇고 부서진 부품을 재조립했다. 영구적으로 손상된 것은 원형을 살려 내 몸의 일부를 내주어 새로 만들어 붙였다. 납땜을 하고 조립했다. 입자가 결합하고 분열하느라 우주선 안이 황금빛으로 번쩍였다.

탄재의 몸이 빳빳하게 굳는 것이 느껴졌다. 이 녀석이 이런 애들 장난에 놀라는 걸 보는 것도 마지막이라는 생각을 하자 괜스레 웃음이 났다.

"여기를 떠나라……."

나는 우주선을 다 복원하고 반짝반짝하게 광까지 내준

뒤 말했다.

"선지자들에게서 도망쳐라. 나로부터도. 너라면 우리는 상상도 못 하는 방법을 찾을 수 있을 거다. 나를 떠나 네 가르침을 펼쳐라."

"……선생님?"

문득 내가 왜 계속 내 몸 안에 있는 이 작고 조그만 생물과 이야기하고 있는지 의문이 들었다. 신경 쓸 것도 없는 미물인데. 그가 있는 전함급의 우주선도, 그 우주선이 있는 소행성도 티끌이나 다름없는 것을.

"……선생님?"

안타깝게 부르는 소리가 멀리서 들려왔다. 그냥 잡아먹을까 하다가 소화가 안 될 거라는 묘한 저항이 일어 그만두기로 했다.

그리고 '내'가 누군지 생각했다.

이 몸의 한 부분이었던 개체가 떠올랐다. 나반이라는 이름의 선지자였다.

그가 아만과의 합일을 결심한 것도 떠올랐다. 아만과 나반으로 분리되기 이전의 자신으로 돌아가겠다고. 나반에서 벗어나니 선명하게 들여다보았다. 그가 얼마나 제 자아에 집착했는지. 집착한 나머지 제 원형인 아이사타로 돌아가는 것에 집착했던 것도.

'하찮은 생각.'

나는 비웃으며 전체로서 세상 전체를 응시했다.

세계는 서로 얽힌 해면체 구조의 생물이다. 매양 움직이고 변화한다. 실 하나를 당기면 미미하게나마 전체가 그 방향으로 움직인다. 상호작용은 복잡하게 얽혀 있어 무엇이 발현하고 도드라질지 매 순간 예측할 수가 없다. 전체가 살아 있어 어디에 시선을 두든 금세 다른 것이 된다.

나는 하계로 시선을 돌려 그 한가운데에 있는 푸른 지상을 보았다. 지구의 표면은 4차원의 눈으로 보면 솜 보푸라기 같은 살아 있는 색실이 뒤엉겼다 풀렸다가 합쳐졌다 한다. 보려 하면 변하고 집으려 하면 그곳에 없다. 그들 또한 모두 명계와 끈으로 이어져 있고 자신들끼리도 마찬가지로 서로 이어져 있다. 그중 밀도가 높고 진동이 큰 개체 하나하나를 굳이 '인격'이라 한다. 하지만 전체로 보면 경계가 불분명한 것이다.

나는 나반의 인격을 돌이켜보며 비웃었다. 그가 얼마나 하계에 집착했던가. 얼마나 집착했는지 하계에서 고행과 수행을 하는 것으로 그 세계가 허상이라 믿고자 했다. 하지만 역설적으로 하계에 대한 집착은 점점 커질 뿐이었다. 달리 아만과 탄재가 그에게서 나왔겠는가.

분리니 합일이니, 다 허상일 뿐이지. 밀도를 다양화하거나 균일화하는 일일 뿐이지. 우리는 지금도 이어져 있는 것을. 삶에서 얻은 모든 아픔도, 웃고 화내고 슬퍼하고 즐거워한 모든 것들이 균일화하고 나면 다 아무것도 아닌 것을.

하지만 내 일부 중 하나였던 자가 제 개체성을 걸고 해온 일이다. 별다를 것은 없지만 한 인격에 대한 애도로서 마무리해주는 것도 나쁘지 않을 것이다.

나는 하계에서 '아만'의 인격이라 부를 법한 것들을 나누어서 보았다. 경계는 불분명하기에 완전할 수는 없겠지만, 원형의 '아이사타'로 회복할 수 있을 법한 경계까지 대강 나누어 보았다.

나는 그 전체에 말을 걸었다.

"아만."

풀 위에 잠시 앉았다 날아오른 잠자리며, 바삐 움직여 열심히 벌집을 만들고 있는 꿀벌이며, 조금 전에 개미굴에서 흙 한 덩이를 지고 나온 개미며, 조금 전에 막 잠자리에 든 어린아이며, 아이의 젖을 물리는 어머니며, 친구들과 신세 한탄을 하며 술을 퍼마시고 있는 남자며, 어느 지하철 종이상자 속에 누워있는 노숙자들, 모두 같은 사람인 이들. 내 부름에 그들 모두의 마음이 떨렸다. 대개는 대수롭지 않게 여겼고 조금 감이 좋은 이들은 뭔가가 가슴을 쓸고 간 기분에 잠을 깨거나, 잠시 멈춰 하늘을 보거나 주위를 둘러보았다.

"아만."

내가 다시 불렀다. 그때 많은 이들의 생각이 멈췄다. 갑

자기 쏟아진 졸음에 잠이 든 사람도 있다. 왠지 가슴이 아
파 일을 내려놓고 멍하니 쉬는 사람도 있었다.

　"오랜만이야."

　전체가 화답했다. 누구에게 하는 말인지는 알 수가 없
었지만.

4

"꼴이 그게 뭐야?"

아만이 웃었다. 소리 내어 웃은 것은 아니었다. 아만의 모든 인격이 제각기 묘한 마음의 즐거움을 느끼고, 괜히 기분이 좋아 오늘은 내가 밥을 쏜다는 선언을 하거나 갑자기 노래를 흥얼거리고 옆에 있는 친구와 어깨동무하며 오늘은 술이나 한잔하자고 했다. 곧이어 일어날 일도 알지 못한 채.

"잡탕찌개 같아."

경이로웠다. '전체로서의' 자아가 이토록이나 속물적일 수도 있다니.

"반가워, 지옥, 그리고 지옥의 수많은 망자들. 반가워, 나반, 나반의 많은 제자들. 어울리지 않는 것들이 한데 엉켜

있네. ……탄재는 없네? 막내라고 두고 온 거야?"

하아, 누가 분리의 선지자 아니랄까 봐, 나를 전체로 보지 못하고 내 안의 모든 것을 나누어 본다.

"이리 와라, 아만."

내가 말했다.

"네 분열은 과해졌고 세계의 분열도 과해졌다. 우리 본래의 모습으로 돌아가자."

슬픈 느낌이 전해졌다. 내가 무슨 패악스럽고 무자비한 말이라도 한 것처럼. 이해해 주어야 한다. 이 개체는 세상에 죽음이 있다고 믿는다. 변화를 소멸로 해석한다.

"지금은 슬프겠지만 돌아오면 이해할 것이다. 자연스러운 일이고 별다른 일이 아니다."

아만이 움츠러드는 것이 느껴졌다.

"거부할 것 없다. 거부할 수도 없겠지만."

"나 때문에 그러는 게 아니야. 나반이 가여워서 그래."

무슨 소리지? 하지만 깊이 생각할 까닭이 없었다. 타락한 자의 왜곡된 관점을 일일이 신경 쓸 필요는 없다.

나는 밀도를 높였다. 살을 쥐듯이 몸을 좁혔다. 아만에게 맞추어 복잡한 중력장을 만들었다. 기하학적으로 아만을 끌어들였다. 얼핏 보면 두 은하가 서로 부딪치며 합일하여 하나가 되거나, 두 별이 너무 가까이 붙어 서로의 중력의 힘을 이기지 못하고 뜨겁게 출렁출렁 파도치다 합쳐지는 모습과 비슷했다.

물질이 오가고 움직였다. 처음에는 대기를 떠도는 분자만이 왔다. 이어서는 더 큰 것들이 왔다. 하계에서는 여기저기서 작은 재난이 속출하고 있을 터였다. 돌연사하는 생물이 있고 해변으로 밀려온 물고기며 날다가 추락하는 새들이 늘어나고 있을 것이다. 내 입장에서는 한순간의 일이지만 하계에서는 수십 년 새에 일어나는 일이다.

아만은 그 모든 죽음을 슬퍼했다. 그들 모두가 별개의 생명이며 각자의 인격이며, 내가 감히 그 생을 좌지우지할 것이 아니라고 하는 것처럼.

"죽음은 허상이다. 슬퍼하지 마라."

"그래도 나는 슬퍼할 수밖에 없어."

문득 상대방이 인간처럼 느껴졌다. 애처로운 눈을 하고 나를 바라보는 기분이 들었다.

"나반의 죽음을."

나반의 죽음.

이상한 말이로군.

죽음은 없다. 물론 아만과 나반의 인격은 이제 다시 표면에서 활동하는 일은 없겠지만……, 그것이 죽음은 아니다. 둘의 기억은 내 안에 남아 있을 것이고 세계가 그리하듯 영원할 것이니. 나반은 죽지 않는다……. 그리고 설사 죽는다 한들 슬퍼할 건 또 뭐란 말인가.

하지만 그 긴 세월 합일을 거부하고 분열만 거듭해 온 아만이다. 방심할 만한 상대는 아니다. 아만의 인격을 완전히 흡수하기 전까지는, 다시 말해 완전히 균일해지기 전까지는 주의하자. 중간에 합일을 멈추고 싶어진다면 그건 아만의 생각이다. 홀려서는 안 된다. 이겨내야 한다.

나는 계속 끌어당겼다.

생각이 밀려들었고 생이 밀려들어 왔다. 기억이 쏟아졌다. 수많은 삶이 몸에 스며들었다. 나는 영양분을 피부로 받아 마시는 생물처럼 그것들을 만족스럽게 들이켰다.

모두 귀중한 자료며 자산이다. 작은 몸을 가진 개체라면 과다한 정보에 혼란스러워하겠지만, 지금의 나는 그렇지 않다. 입자 하나를 얻을 때마다 나는 더욱 위대해진다. 나는 아이사타, 태초의 자아 중 하나다. 아아, 그리웠던 고향이여, 온전한 전체여. 진리의 총합체여. 자아의 배움과 성장을 위해 제 인격을 분열하는 희생마저 감수할 줄 알았던 위대한 영혼이여.

'아만을 얻고 나면,'

나는 생각했다.

'다른 친구들도 다 받아들여야겠다. 다시 전체가 되어 중간점검을 하고 다시 흩어지자. 그간 배운 것을 한 번 통합할 필요도 있고.'

그리고 왜 조금 전까지는 이런 생각을 하지 못했는지 생각했다.

작은 창에서 햇빛이 쏟아졌다.

아만은 그 아래 누워 나를 바라보았다. 달그락거리는 양은 주전자에서 물이 보글보글 끓었다. 아만이 병들고 노쇠해져 거의 아무것도 먹을 수 없게 되자 나는 매일 차를 끓였다. 길을 다니며 풀이며 꽃을 뜯었다. 미나리며 쑥부쟁이며 민들레며 들국화를 달였다.

말려둔 민들레가루 위로 물을 부었다. 아만은 창가에서 늘 그런 나를 바라보았다.

아만은 세상 모든 곳에 퍼져 살았다. 분열을 거듭하며 가장 작고 약한 미물의 삶을 택했다. 정체된 강의 표면에 물풀이 되어 떠다녔다. 전봇대 아래에 놓인 쓰레기봉투에 파리떼가 되어 들끓었다. 길고양이가 되어 눈이 쌓인 차 아래에 갓 낳은 새끼들을 안고 몸을 웅크렸다. 하수구에서 어미가 까놓은 알에서 날갯죽지를 열심히 빼내었다. 아이를 키울 수 없는 어린 어머니의 배에 잉태했고 길거리나 수용시설의 너저분한 방에서 태어났다. 젖을 먹지 못하는 젖먹이와 그 젖먹이를 안고 구걸하는 아이로 살아갔다.

누구 하나 오래 살지 않았다.

누구 하나 함부로 살지 않았다.

그리고 나반은 정신이 들었다.

그리고 나는 정신이 들었다.

나반은, 아니, 나는 무엇에 홀린 기분으로 주위를 허황하게 돌아보았다. 조금 전에 내가……, 아니, 그건 내가 아니었다. 도저히 나라고 부를 수 없는 것이었다. 나는 내가 속한 전체로서의 '그'가 생각했던 것을 떠올렸다.

세상에, 어떻게 그런 생각을 할 수가 있었을까. '내가 아닌' 이 우주의 모든 생명을 끝장내려 하다니. 이 무슨 무시무시한 악마적인 망상이란 말인가. '내 것도 아닌 생명'을 감히 없애려 들다니. 그들 중 죽음을 바란 이는 아무도 없건만, 내가 무슨 권리로. 무슨 자격으로.

슬픔이 몰아쳤다. 울고 싶었고, 나는 울었다.

"○○."

누군가가 낯선 이름으로 나를 불렀다. 인파를 제치고 달려와 나를 끌어안았다. 나는 얼떨떨한 기분으로 상대를 껴안았다. 그는 나를 끌어안고 내 입에 입을 맞추고 머리를 쓰다듬었다.

'아만.'

나는 조금 뒤에야 상대를 그렇게 부르는 것이 예의가 아니라는 것을 깨달았다. 그는 아만의 한 조각이었다. 어느 생에서인가 내가 작정하고, 아만에게 삶의 허망함을 가르쳐주겠다고 하며 짧던 생에서의 그였다. 서로에게 서로가 전부였다. 서로가 서로에게 기쁨이자 축복이었다. 삶의 의미였다. 삶과 죽음을 함께했다. 생의 마지막 순간에 음식을 넘기지 못하는 그를 위해 매일 차를 달였던 것을 떠올렸다. 헤어질 때조차도 행복했다. 죽음이 우리를 갈라놓지 않을 것을 믿었다.

하지만 그는 나와 헤어진 뒤 지옥에 떨어졌다. 내가 천국에 가는 바람에 만나지 못하는 모양이라고 생각했고 제가 살며 무슨 죄를 지었는지 매일 곱씹으며 의문했다. 부모에게 욕을 했던가, 성실하지 않았던가, 누구에게 거짓말을 했을까. 나도 모르는 새 누구에게 해를 입혔을까.

나는 그를 아만이라고 불러서는 안 된다는 것을, 아만의 조각으로 불러서도 안 된다는 것을 깨달았다. 그는 온전한 개체였고 그 자체로 완전했다. 본인 이외에 그 누구도 아니었고 누구에게도 속하지 않았다.

"○○."

나는 그의 이름을 불렀고 마주 끌어안았다. 그와 한참 살을 부빈 뒤에야 정신이 들어 주위를 보았다.

나는 무수한 인파에 둘러싸여 있었다. 모두가 고스란히 전생의 모습을 하고 있다. 아기들, 아이들, 노인들, 짐승과

미물들이 빼곡히 모여 있다. 세대우주선급 노아의 방주에
온 기분이었다. 인간화한 이 작은 개체 하나를 제외한 내
나머지 몸은 먼지구름의 형태로 그들을 둘러싸고 있었다.
나와 아만의 인자가 각자 발현한 결과일까. 액체가 되라고
두 물질을 섞었는데 모래알처럼 안에서 분리되어버렸다.

그제야 나는 내가 진 것을 알았다. 하지만 졌다는 실감은
없다. 나는 변화했고 내가 과거에 믿었던 가치는 지나간 것
이 되어버렸다. 옳고 그름에 관계없이 더 이상 믿을 수 없
는 것이 되고 말았다.

나는 모두가 조금이나마 안정감을 느끼도록 먼지구름을
우주선의 모양으로 바꾸었다. 얼마 전에 탄재의 우주선을
복원한 터라 제법 익숙하게 만들 수 있었다.

그제야 퍼뜩 내가 그들 모두를 살해한 사람이라는 것을
깨달았다. 오랜 옛날 반은 인간이나 짐승, 독충이나 벌레,
재해의 모습으로 하계에 내려가 직접 살해하여 명계로 데
려왔고, 교육이라는 명분으로 그들이 지옥에서 고통받는 것
을 방관했다. 나머지 반은 조금 전에 원형의 형태로 돌아간
다는 어처구니없는 망상으로 다시 생명을 빼앗고 말았다.

맙소사,

나는 치를 떨었다.

이런 엄청난 죄악이라니. 이런 무자비한 재난이라니. 나
는 살아 있는 악몽이고 괴물이다. 어쩌면 이토록 많은 생명

을 죄책감도 없이 빼앗을 수가 있었단 말인가? 교육이니, 귀환이니, 그게 다 무슨 미친 소리였단 말인가? 세상천지에 이런 악행이 어디 있나? 이런 죄인이 어디 있나? 그처럼 귀한 삶이었는데, 그처럼 소중한 인생들이었는데.

나는 머리를 붙잡고 흐느꼈다. 울 때마다 물렁물렁한 몸이 점점 단단해지는 것을 느낄 수 있었다. 이 모든 일을 다 어쩌면 좋단 말인가? 너희는 내게 복수할 자격이 있다. 뭐든 해라. 무엇이든 요구해라. 다 받아들일 것이다. 개별로 분열된 이들이라 복수의 방향이 하나는 아니겠지만. 상관없다. 모두 내가 감당해야 할 몫이니.

― 잘못은 없어. 나반.

군중의 머리 위에서 목소리가 들렸다. 나는 고개를 들었다.

― 불균형이 있을 뿐이지.

마음의 공명.

다소 수런수런하기는 하지만 다들 마음이 조금씩은 연결되어 있다. 아아, 이건 내 영향이겠군. 아마 지금 내 상태는 아만의 인자가 발현한 결과일 것이다.

나는 지금 내 상태에 잘못이 있는지, 문제가 없는지 파악해보려 애썼다. 하지만 알 수가 없었다. 지금 기분 같아서는 조금 전의 내가 단단히 미쳤고 지금 제정신이 되었다고 생각하고 싶지만, 그렇지 않을 수도 있다. 그렇지 않을 수도 있다는 실감은 전혀 나지 않지만.

"그 말이 맞아."

내가 더듬거리며 말했다. 말하는 사이에 피부가 얇게 내 몸을 덮고, 모공이 생기고 땀구멍이 나타났다. 눈에서는 눈물이 나고 이마에서는 땀까지 흘렀다.

"세계는 불균형해졌다. 내가 너를 제거하려고 했을 때에."

그래, 잘못은 없을지도 모른다. 그 무엇도 잘못이 아니었을 것이다. 타인이 없는 세계에 어떻게 죄가 있겠는가. 타인이 없는 세계에는 잘못은커녕 그 무엇도 없다. 가치 있는 일도 없다. 선행도 희생도 덕목도 연심도 없다. 하지만 단 하나, 그것만은 잘못이었다. 그것만은 감히 '죄'라 불러도 모자라지 않은 것이었다.

"세계는 타락했다. 내가 너를 타락했다고 규정했을 때."

5

나와 한 생을 같이 한 이가 나를 끌어안으며 위로했다. 치워라, 나는 위로받을 자격이 없다고 하고 싶었다. 너희들에게 준 고통만큼의 죗값이 합당하다.

"나로부터 분리가 시작되었다. 너와 내가 나뉘었기에 네가 분리를 추구하는 속성을 맡은 것뿐이었다. 그래서 남은 이들이 균형을 위해 합일을 추구하는 속성을 맡게 되었을 뿐인 것을. 서로가 서로의 빈자리였을 뿐이다. 세계의 타락은 너로부터 시작된 것이 아니다. 타락은 내가 너를 타락했다고 규정하고 우리 전체로부터 배제하려 했을 때 시작되었다. 내가 세상을 타락시켰고 나 또한 그로 인해 타락했다."

모인 이들이 수런거렸다. 내 말을 알아들은 자도 있고

'저승이란 데가 생각 이상으로 괴이한 곳이네.' 하며 수군 대는 이들도 있다. '이거 무슨 시험 같은 건가.' '통과하면 저승에 어디 집 한 채 내주는 건가.' 하지만 아만의 '전체'는 이해했고 수긍했다.

"네 쪽이 약하고 내가 더 거대했는데도 알아보지 못했다. 내가 너를 명계에 묶어두어 세상이 불균형해졌다. 이제 하 계에 삶을 지키려는 자는 없고 다투어 제 삶과 남의 삶을 파 괴하는 자만이 남게 되었다. 모두가 내 탓이다."

타인을 상상하지 못하는 자에게 어찌 연민이 있을까. 타 인을 상상하지 못하고 어떻게 사랑하고, 감정을 가질 수 있 을까. 분리 없이 어떻게 소통할 수 있는가. 영원과 불멸의 진실을 아는 자가 어떻게 삶을 소중히 생각할 수 있겠는가. 전체로서의 나는 전능했고 동시에 아무 가치가 없었다. 나 는 완전무결했고 그렇기에 아무것도 아니었다.

타인이 없었던 시절의 우리에게 삶은 없었다. 명계는 허 상이었다. 하계의 삶만이 진실이었다.

– 잘못은 없어. 나반.

아만이 속삭였다.

– 그렇게 생각하지 않았을 때도 있었지. 앞으로 그렇게 생각하지 않을 수도 있고. 그리고 어떤 인격으로든 매번 자 신의 정의를 확신하겠지.

- 지금 당신이 과거의 자신을 이해하지 못하듯이, 미래의 어느 때에는 지금의 당신을 이해하지 못하겠지.

나는 눈물을 삼켰다. 그리고 모두를 바라보았다.

"내가 모두를 돌려보낼 수 있어."

나는 나와 연을 맺은 이들의 얼굴을 하나하나 볼 때마다 내 죄를 돌이키려는 것을 자제했고 그 때문에 수도 없이 죽고 싶은 마음을 달랬다. 나는 죽을 수 없다. 물리적으로 그러하다.

다행히도 나는 불멸하므로 일을 되돌릴 기회가 영원의 시간만큼은 있다.

나는 내 입자 전체를 변형시켰다. 탄재의 전송기와 화학식과 전선을 떠올리고 이를 수억 개쯤 생산했다. 기체입자를 고체화시키고 액화시키며 화학물질로 만들어 모두의 몸에 주입했다.

단기간에 한 변형으로는 우주가 생겨난 이래 가장 복잡하고 방대한 변형이었다. 나는 인간형의 작은 몸체 하나만을 남기고 거의 모든 몸을 다 소비했다.

작은 구름의 배였던 우리는 우주 한복판에서 폭발했다.

아만은 모두 수백 수천 수만 수억 조각의 입자로 해체되었다. 입자화한 생명의 파편들이 하계로 떨어졌다. 빛의 입자가 유성우처럼 쏟아졌고 저마다 알맞은 육체로 스며들었

다. 알맞은 육신을 찾지 못한 것은 분자의 형태로 행성을
둘러쌌다가 생명의 비가 되어 쏟아져 내렸다.

세 번째
나

1

나는 진흙탕 위에 넘어졌다.

넘어지면서 나도 모르게 머리를 보호하려 손을 뻗는 바
람에 손에 나뭇가지가 박혔다. 내 몸은 땅을 통과하거나 돌
멩이를 치워 넘어질 자리를 만들 생각을 못 했다. 부딪치는
대로 튕겨 나오고 막히는 대로 다 막힌다. 나는 내장기관이
없다는 것도 잊고 속을 게워내려 했다. 숨을 쉴 필요가 없
다는 것도 잊고 신선한 공기를 찾았다.

나는 눈을 뜨고 주위를 보았다. 우주선이 이륙한 흔적만
덩그러니 남은 작은 소행성이다. 하늘에는 검은 이승이 떠
있다. 내가 왜 여기에 추락했는지 생각하다가 내가 우주선
과 별에 만들어둔 중력조건을 떠올렸다. 길을 잃은 아이들

이 오게 해 둔 것을.

익숙한 곳이다. 하지만 무엇 하나 같지 않다. 하늘은 탁하고 꽃은 선명하지 않다. 어두운 곳은 볼 수가 없고 등 뒤도 볼 수가 없다. 돌풍이 저 혼자 불다 멈췄고 다시 불었다. 나뭇잎은 저 혼자 떨어졌고 꽃은 저 혼자 흔들렸다.

그리고 조용했다.

늘 들리던 소리가 없다. 잡음 섞인 라디오처럼 계속 속삭이던 것이 사라졌다. 소리는 뇌의 오작동이나 귀울음 같은 것이 아니었다. 완전히 분리되지 않은 다른 이들의 마음과 생각이 흘러들어오는 것이었다.

나는 분리되었다.

세상과 내 연결점을 찾을 수가 없다. 여전히 끈이 남아는 있겠지만 볼 수도 만질 수도, 느낄 수도 없었다. 이제 몸을 변형할 수 없으며 영체로의 변형은 더더욱 할 수 없을 것이다. 하계로 갈 수도 환생할 수도 없을 것이다.

나는 일어났다. 한참 망연자실하게 서 있다가 발을 내딛지 않으면 이동할 수 없다는 것을 받아들였다. 나는 발을 내딛다가 넘어졌다. 중력에 저항할 수가 없기 때문이었다.

이 공간 전체가 나라는 문제를 생각해 보았다. 태초에 걸쭉한 물처럼 흐느적거리며 살다가 단단한 것과 무른 것을 나눠보면 재미있겠다고 생각했던 때를 떠올렸다. 이러고 혼자 있으니 인격을 나누어 나 자신과 대화라도 나누다 보면 지루하지 않겠다는 생각을 했던 것도 떠올렸다.

믿을 수가 없었다. 아무것도 믿을 수가 없었다. 노력해도 소용이 없었다.

'탄재를 찾아야겠군.'

나는 자신을 비웃으며 생각했다. 그 녀석이라면 우주선 어딘가에 빈방 하나쯤 내 줄지도 모른다. 날 위해 푹신한 침대나 밥솥이나 전자레인지 같은 것도 만들어 줄지도 모른다. 하지만 갈 도리가 없었다. 어디에 있는지도 알 수 없고 헤엄쳐 갈 수도 없다. 이 공간의 중력을 빠져나갈 도리가 없다. 이제야 녀석이 얼마나 위대한 선지자인지 알 것 같았다. 세상에 우주선 같은 것을 만들어 내다니.

"패했군. 나반."

머리 위에서 들리는 소리에 나는 고개를 들었다. 눈앞에 도솔천이 있었다.

경이롭게도 고개를 들어 눈을 마주하지 않으면 볼 수가 없었다. 저 너머에 있는 그의 본체와 이어진 끈도, 도솔천의 주위를 맴도는 분자도 보이지 않았다. 그는 그저 세상과 동떨어진 낫을 든 검은 옷의 사신으로만 보였다. 내 시청각 능력이 얼마나 퇴화했는지 실감이 났다.

온 지 조금 된 듯했다. 늦게 입을 연 것을 보면 말하기 전에 다른 종류의 대화를 시도했던 것 같았다. 내게 들을 능력이 없었을 뿐이다.

"패한 게 아니야. 잘못을 깨달은 것뿐이다."

"잘못이라……."

도솔천은 손을 뻗어 내가 걸치고 있던 풀잎으로 짠 옷을 흡수했다. 그 옷은 나와는 달리 타락하지 않은 것이라 쉽사리 도솔천에게 빨려 들어갔다. 나는 순간 당황해 몸을 움츠렸다.

곧이어 그럴 이유가 없다는 것을 깨달았다. 내 몸에는 감출 것이 없다. 애초에 저 옷이 내 몸이었다. 나는 정신을 수습하고 일어나 앉으려 했지만 그럴 수가 없었다. 몸을 분열해 옷을 만들어보려 했지만 불가능했다. 생각해 보면 실상 그런 시도 자체가 의미 없는 일이었다.

몸이 떨렸다. 이곳에서 몸이 떨릴 리가 없다. 하계에서는 긴장하면 혈관이 수축한다. 혈관이 수축하는 바람에 체온이 떨어지지 않도록 몸을 흔들어 열을 낸다. 떨림은 두 프로그램이 충돌해서 일어나는 오류다. 불멸의 생물이 몸을 떨 리가 없다. 도솔천은 그런 내 모습을 전부 눈에 담았다.

"옷을 돌려줘."

"설마,"

도솔천이 설마 거기까지 갔을까 싶은 눈으로 나를 내려다보았다.

"수치스러운가?"

"내 것이니 내놔! 내 가족의 유물이다. 돌려줘!"

소유욕, 하계에서 맺은 관계에 의미를 부여함, 분열된 내 자아를 타인으로 여김, 불필요한 감정. 내 모든 말과 행동이 타락을 드러낸다. 하지만 이제 와서 얼마나 더 보인들 달라질 것이 있을까.

"가엾은 나반."

나는 숨을 삼켰다. 무시무시한 고통이 벼락처럼 몸을 덮쳤기 때문이었다. 몸 안의 세포가 다 폭발하는 것 같았다. 나는 불에 탔고 튀겨졌고, 얼음에 얼려졌고 쇠꼬챙이에 찔렸다. 피부가 찢기고 칼날에 베였다. 도솔천이 내 모공마다 제 입자를 집어넣어 감각을 뒤흔든 것이다.

아련히, 내가 종종 '잘못은 없다'고 말했던 기억이 났다. 나는 지금 내가 했던 말조차 이해할 수가 없다. 잘못이 없다니? 도솔천이 내게 이러는 것은 잘못이 아닌가?

"가엾은 나반."

도솔천의 말이 머릿속에서 울렸다. 진심 어린 연민인 듯도 싶었지만 잔혹하게만 느껴졌다.

도솔천은 머리를 들어 이승을 응시했다. 하늘에는 눈처럼 새하얀 도솔천의 진짜 몸체가 밤처럼 검은 이승과 대비를 이루고 있다. 이제 나는 하찮은 미물이었고 둘 다 나로서는 상상도 할 수 없는 거물이었다.

마음 어딘가에서 '고통은 없다'는 생각이 떠올랐다. 고통이 없다면, 내가 고통을 느낄 수 없다면 도솔천은 내게 해를 끼칠 수 없겠지. 도솔천은 나를 해치려 한 것이 아니라 단지 타락을 확인한 것이다. 내가 타락하지 않았다면 도솔천도 내게 잘못을 할 수 없었을 것이다. 하지만 납득은 가지 않았다. 어떻게 이토록 생생한 격동을 '없다'고 할 수 있단 말인가?

"아만의 모든 개체가 이제 스승도 명계도 거치지 않고 제멋대로 윤회하게 되겠군. 서로 섞이지도 못하고 개체별로 구별되어 독자적으로 생을 살겠지. 나반, 세상이 생겨난 이래 너처럼 타락한 개체가 존재나 했었을까."

나는 자연스레 도솔천 앞에 무릎을 꿇고 머리를 조아린 자세를 하고 있었다. 하계에서 열손실을 막고 추위로부터 몸을 지키기 위해, 위험으로부터 머리와 내장과 급소를 보호하기 위해 본능적으로 취하게 만든 자세였다. 문제는 지금 나는 그럴 필요가 없다는 것이다. 머리로는 이해하는데도 몸이 따르지 않았다. 머리 위로 얼음처럼 냉랭한 눈길이 느껴졌다. 수치심이 고통만큼 컸고 그 사실이 다시 고통스러웠다.

"먹어라."

내가 말했다.

"나는 타락했다. 그게 잘못은 아니지만 네 입장에서는 처리해야 하겠지. 나를 먹어서 정화시켜라."

도솔천이 내게 손을 뻗었다. 통상의 방법으로는 아니었다. 기름에 젖은 단백질 덩어리 같은 미끈덕거리는 것이 그의 몸에서 뻗어 나와 내 몸을 구석구석 더듬었다. 몸을 탐색하며 어떻게 잡아먹을지 궁리하는 듯했다. 나 역시 궁금했다. 철저히 타락한 몸이라 설득과 대화는 먹히지 않을 터이니. 어떻게 분해할까. 산성용액을 뿜어내어 녹일 것인가. 칼날로 잘게 다질 것인가. 고통이 없던 시절에는 두려울 것도 없는 일이었지만.

"도솔천이 명계 전체에 알린다."

도솔천의 목소리가 머릿속에서 쩌렁쩌렁 울렸다. 명계에 있는 모든 개체의 머릿속에서도 같이 울렸을 것이다.

"하계는 타락했다. 타락한 선지자 나반과 아만의 소굴이 되었다. 구제할 길이 없는 마굴이 되었다. 지금 내 눈앞에 있는 개체를 포함해 하계 전체를 격리하겠다."

내 귀를(지금은 귀로 들을 수밖에 없으니) 믿을 수가 없었다.

"모든 명계인은 이 순간부터 하계로 내려가는 것을 금한다. 하계의 타락자들을 제외한 나머지 우리는 도로 완전무결했던 태초의 존재로 돌아갈 것이다. 거기서부터 새로운 배움의 방식을 탐구할 것이다. 우리는 오염을 제거하고 새로운 청정한 전체가 될 것이다. 하나의 배움이 끝났으니 그것만으로도 가치가 있었다."

나는 정신없이 일어나 소리를 지르며 도솔천에게 달려들었다. 논리도 합리도 없는 행동이었다. 선명한 타락의 증거였다.

도솔천은 악의 없이 응징했다. 고통을 알지 못하는 자에게 무슨 악의가 있겠는가. 고통을 알지 못하는 자는 어느 선에서 멈춰야 하는지도 알지 못한다. 나는 경련했고 게워 낼 것 없이 구역질을 했다.

"가엾은 나반."

도솔천의 목소리가 핑핑 도는 머릿속을 무정하게 울렸다.

"도솔천……, 너는 타락했다."

나는 진흙 바닥을 쥐어뜯으며 간신히 입을 열었다. 도솔천의 황금빛 눈이 실룩거렸다.

"우리가 생겨난 이래 너처럼 타락한 개체가 있었을까. 하계라는 저 거대한 전체마저 부정하다니. 아만도 나도 모두 너다, 도솔천. 저 하계는 전부 너다. 네가 타락했다 말하는 모든 이들이 바로 너다."

나는 목소리를 쥐어짰다.

"네가 네 일부를 부정했으니 너는 타락했다. 지금 네가 타락하여 제 타락을 깨닫지 못한다."

도솔천은 그 문제를 생각하는 듯했다. 하지만 나와 마찬가지로, 타락한 자는 마음에 경계가 생기고 경계 바깥을 인식하지 못한다. 제가 잘못되었을지 모른다는 생각은 들지라도 마음에 와 닿지 않는다.

"다른 선지자들의 배움을 얻고 나면 그 문제에 대해 나도 다른 답을 내놓을 것이다, 나반."

174

"용기가 있다면 나부터 먹어라. 내가 내 삶 전체로 얻은 배움을 전하겠다."

"그리할 것이다. 네 병이 치유된 뒤에."

"나는 병들지 않았……."

나는 몸이 송두리째 뜯겨나가는 기분에 빠졌다. 갈퀴로 내장을 긁어 살을 뜯어내는 것 같았다. 도솔천은 이미 단단한 고체가 된 내 몸을 구석구석 뒤져 액화시키고 기화시켜가며 분자를 뜯어갔다. 정신이 혼미한 가운데에도 도솔천이 탄재의 화학식을 내장한 입자만 뽑아가는 것을 느낄 수 있었다. 하계라면 뇌를 열어보면 되겠지만, 이곳에서는 기억 또한 몸 전체에 분포되어 있다. 그나마 다행인 것은 하계처럼 피투성이가 되거나 내장이 파열할 일은 없는 점이라 해야 할까. 단지 몸이 줄어들 뿐이다.

이 고통이 허상이라 생각해 보려 했다. 잘 되지 않았다. 차라리 죽여주었으면 했다. 맙소사, 죽여 달라니. 나는 어디까지 추락한 것인가.

"설득하지 않는 합일의 기법은 쓸 만한 것이니 내가 갖겠다. 어차피 너는 나고 나는 너니 관계없지 않겠는가."

미움이 솟구쳐 나는 상대를 노려보았다. 그의 말은 합당했으나 서럽고 저주스러웠다. 이제 모든 격동이 내게 있고 모든 비합리가 내게 있었다.

내 주위 사방으로 벽이 쌓여 올라갔다. 벽돌이 얹히고 그

위로 시멘트가 발라지고 다시 쌓여 올라갔다. 한때 그 원리를 간단히 이해할 수 있었다는 생각이 들었다. 지금은 경이로운 기적으로만 보였다. 벽이 도솔천의 얼굴을 반쯤 가릴 정도로 쌓여 올라갈 즈음에 그가 말했다.

"그 벽이 너와 같은 것임을 알게 되면 나올 수 있을 것이다. 네가 치유되기를 기원하겠다. 나반."

"닥쳐……."

나는 이를 갈았고 도솔천은 다 이해한다는 듯이 고개를 끄덕였다.

벽이 도솔천의 모습을 가리고 나니 지붕이 얹혔다. 그리고 어둠이 덮쳤다. 보이는 것도 들리는 것도 없었다.

나는 고립되었다. 혼자였다. 철저히 분리되었다.

얼마나 많은 아이들을 교육이란 명목으로 이런 공간에 가둬두었던가. 뭘 그리 힘들어하는지 어리둥절해 하면서. 나는 어리석었고 이제 내가 그 대가를 치른다. 치러야만 한다.

나는 나갈 생각이 없었다. 벽이든 뭐든 하나가 될 마음이 없었다. 이 몸을 해체할 생각도 그 누구와도 섞일 생각이 없었다.

하계의 생물이 한계 이상의 고통을 겪으면 미치거나 기절하도록 프로그램을 넣어 둔 기억이 났다. 육신에 매인 이들이 불필요한 고통에 시달리지 않도록 배려해서 넣어둔 프로그램이다. 내가 제대로 타락했다면 미칠 수도 있을지 모른다. 그러고 나면 그리 힘들지 않을지도 모른다. 나는 기대 없이 소망했다.

누워 있자니 빛과 소리가 사라졌다. 추위도 더위도 사라진다. 모든 감각이 차단되자 환각이 열렸다. 자극을 찾는 인자가 강제로 감각을 열어젖히는 현상이다. 복희의 궁전에 내려서는 도솔천을 볼 수 있었다. 새처럼 눈부신 날개를 달고 눈처럼 새하얀 옷을 입고서 등에는 주렁주렁 은빛 실을 이어 놓은 채 수십 개체로 분열되어 뜨락에 내려선다. 아이들은 잠잠해졌고 복희는 노골적으로 불편함을 드러냈다.

'때가 왔다.' 도솔천들이 말한다.

'때는 다 같이 정하는 거야.' 복희가 답한다.

'때는 언제든 상관없는 것이다. 저항하는 것이 타락의 징조다. 너는 타락했다. 복희.'

복희가 몸을 굳혔고 아이들이 선생의 마음에 감응했다. 몸을 돌처럼 단단하게 굳히고 두꺼운 철갑옷으로 몸을 둘러싼다. 진용을 짜고 소화하기 힘든 날붙이와 쇠붙이를 만들어 낸다. 어린아이들은 선배들의 도움을 받아 뒤로 물러나 해체되어 날아간다. 도솔천들의 가슴이 뻥 뚫리며 구멍이 열렸다. 구멍 안으로 주위의 모든 것이 빨려 들어간다. 도솔천들이 구멍을 한껏 열어젖힌 채로 귀곡성과 함께 아이들을 향해 날아간다.

2

탄재가 왔을 때 나는 거의 제정신이었다.

미치기에는 시간이 충분하지 않았던 것 같다. 아니면 아직 내게 타락하지 않은 부분이 남아 있었든가. 단지 몸을 가눌 수가 없었다. 힘이 없는 것은 몸이 아니라 정신이었다. 무자극의 고통이 판단력도 실행력도 앗아간 뒤였다.

탄재는 기계 관절이 달린 반짝반짝한 연두색 강화복을 입고 왔다. 손에는 제 몸뚱이만 한 주포를 들고 있었는데 총구에서는 레이저가 나가는 종류인 듯했다. 그걸로 벽을 뚫어낸 것 같았다. 예전 같으면 웃음이 터질 차림새인데 지금은 경이롭기만 했다. 어떻게 저런 것을 다 만들어 낼까.

"도솔천은……?"

내가 부축을 받으며 질문했다. 탄재는 고개를 저었다.

"이제는 없어요. 다른 것이 되었죠."

"복희와 다른 선지자들은……? 맞서 싸웠나? 누가 이 겼지?"

"합일이란 건 그런 게 아니에요. 합일하고 나면 다른 것이 될 뿐이에요. 아시잖아요?"

탄재는 담담하게 말했다. 벌써 어디선가 몇 개의 전장을 넘어온 얼굴이었다.

"선생님들은 최후에 도솔천에게 섞여 들어가 중화시키려 하셨어요. 하지만 여전히 그냥 다른 것이 되었죠."

나는 비틀거리며 넘어졌다. 그대로 얼굴을 감싼 채 일 어나지 못했다.

"안 돼, 안 된다……."

"뭐가요?"

"모두 타인이 아니냐. 남의 생을 이렇게 허락도 없이 빼 앗으면 안 된다……. 이건 잘못이야. 잘못이다……."

탄재는 침묵했다.

"잘못은 아니에요. 선생님이 원하지 않는 일이 일어나는 거죠. 전에는 원하셨지만요."

이제 내 제자보다는 스승에 어울리는 아이가 말한다.

"제가 원하지 않는 일일 뿐이고요."

공간이 뒤틀렸다. 벽이 과자처럼 부서졌다. 천장이 꺼지며 벽이 젖은 진흙처럼 우그러졌다. 흙먼지가 하얗게 일다가 액화되어 비처럼 쏟아져 내린다.

"언젠가는 일어날 일이었고요."

저들과 합쳐지고 나면 나도 그리 말할 것이다. '일어날 일이었지.' 슬픔도 회한도 없이. 이전의 내가 그랬던 것처럼. 하지만 나는 타락했고 모든 것이 슬프기만 했다.

우리를 향해 오고 있다. 느낄 수가 있었다. 명계에 남은 마지막 선지자인 나를 삼키러 온다. 도솔천은 나를 먹는 것을 꺼렸지만 이제 저것은 더 이상 도솔천이 아니다.

벽이 무너지며 흙먼지가 밖으로 빨려 나갔다. 바닥이 기울어지자 나는 저항도 못 하고 힘없이 굴러떨어졌다. 탄재가 기계 신발에서 로켓 분사를 하며 날아와 구멍이 난 벽을 제 몸으로 막으며 나를 받아 안았다. 금속으로 만든 강화복의 팔은 크고 단단했다.

"하계는 지켜야 해요."

탄재가 바깥을 보며 말했다. 그 말에 머리 한 편이 상쾌해지는 기분이 들었다.

"명계는 괜찮아요. 이게 뭔지 알잖아요. 별다른 일이 아닌 줄도 알고요. 하지만 하계는 이해하지 못해요. 이런 식의 결말을 받아들일 수 없어요. 그냥 처참한 재난으로만 여길 거예요. 방법이 있을까요?"

논리가 없는 말이었지만 놀라울 정도로 상쾌하게 이해할

수 있었다. 이전에는 이해가 되지 않았다. 철없는 어린애의 헛소리로만 느껴졌었다. 어떻게 그럴 수 있었을까.

소행성이 우그러지고 산산이 부서져 보석처럼 흩어져나간다. 무너진 벽에서부터 빛이 쏟아졌다. 세상이 빛을 내는 것은 축소하고 있다는 뜻이다. 빛은 광원체 없이 사방 모든 방향에서 쏟아졌다. 축소의 중심은 빛조차 흡수되어 검은 빛이었고 그곳을 향해 모든 중음이 녹아들듯이 실처럼 빨려 들어간다. 세상 전체가 원래의 모습으로 되돌아가려 한다. 실감은 나지 않지만 이 전체가 나다. 나는 타락했지만 아직 태초의 기억을 갖고 있고, '나 자신'의 속성과 성향을 가늠할 수 있었다.

"하계로 가라."

내가 말했다.

"너도 선지자다. 그리고 저건 선지자를 다 먹기 전에는 하계로 가지 않을 거다. 하계는 명계만큼이나 크니 비율을 맞추기 전에는 대적하지 않을 거야. 그러니 네가 도망치는 동안에는 하계는 안전할 거다. 너는 우리 전체가 상상할 수 없는 이동방법을 알아낼 수 있을 거다."

"선생님은요?"

나는 힐끗 밖을 내다보았다.

"나를 먹고 나면 저것도 변할 거다. 내가 충분히 타락했다면……, 너를 세상에 남겨둬야 한다는 의지가 저것에게 섞일지도 모르지. 어디 한번 내 타락을 믿어볼 수밖에."

나는 반쯤 의심하며 답했다. 정녕 이 미물의 타락이 세상 전체를 타락시킬 수 있을 만큼 강할 것인가. 내 타락이 그만큼 대단할 것인가.

하지만 나는 나반이다. 최초에 엔트로피의 역전을 꾀하고 불균형을 시작한 자다. 나는 가장 먼저 분리한 자다. 분리의 가르침을 펴는 선지자를 낳은 선지자다. 내게 태초부터의 배움이 있고 무수한 생의 기억이 다 내 안에 있다. 모든 타락이 나에게서 왔고 궁극의 타락이 내게 있다. 나는 결코 작지 않다.

"아무리 타락했어도 선지자다. 합일하고 나면 그 후에는 다른 것이 된다. 기대해보는 수밖에."

"알겠어요."

뭘 알겠다고 한 것인지 잠시 이해하지 못했다. 탄재가 나를 옆으로 밀어두고 구멍 난 벽에 서서 바깥을 볼 때까지도.

"반대로 해도 마찬가지겠지요."

나는 그제야 퍼뜩 정신이 들어 탄재를 붙들었다. 탄재는 강화복의 기계 손으로 부드럽고 강하게 내 팔을 떼어내었다. 통과할 수도 늘릴 수도 변형할 수도 없었다. 손가락 하나하나가 걷히는 대로 걷혀나간다.

"저는 못 가요. 여기까지 오는 게 최선이었다고요. 연료도 다 떨어졌고 우주선도 저 녀석이 먹어 버렸어요. 과학이 무슨 만능인 줄 아시나 본데 전 선생님들처럼 뭘 그렇게 순식간에 못 만들어요."

말문이 막혔다. 탄재는 내 어깨를 눌러 앉혔다.

"하지만 선생님은 다르잖아요. 하계로 가요. 가서 아만 선생님하고 거길 지킬 방법을 생각해 줘요."

안 돼. 나는 생각했다. 나는 이제 아무것도 아니다. 아무것도 못 한다. 나는 몸을 분해해서 하계의 육신에 스며드는 작업을 떠올렸다. 말도 안 되는 일처럼 느껴졌다. 그런 짓을 했다간 죽을 것이다. 이런 생각이 더 말도 안 되는데도 불구하고.

"괜찮아요. 지금은 아쉽지만 합쳐지고 나면 아쉽지도 않겠죠. 미망도 사라지고 행복할 거예요, 그렇죠?"

답할 수가 없었다. 어느 생에서 내가 작은 교회의 신부였을 때에, 병마로 죽어가던 어린 탄재의 손을 붙잡고 비슷한 말을 한 적이 있다. 그때에는 알지 못했고 지금은 알건만, 참담한 기분은 지금이 더했다.

탄재는 각오도 두려움도 없이 구멍 앞에 섰다. 아쉬움도 하다못해 비장함조차 없었다. 작은 신처럼 당당했다.

"가요."

그리고 탄재는 뛰어들었다.

갈 수가 없었다.

몸은 무거웠고 돌덩이 같았다. 날아갈 수도 없고 입자로 몸을 바꿀 수도 없다. 천장에서 흙더미와 돌이 쏟아져 내렸다. 돌을 피할 만한 단단한 외피를 만들거나 아픔을 견딜 만한 큰 짐승이 될 수도 없다. 나는 내려치는 대로 맞았고 굴려지는 대로 굴렀다. 중력이 기울었고 바닥이 일어나서 나를 올려쳤다. 나는 사물처럼 나동그라졌다. 과자처럼 부서진 벽이 바닥이 되더니 민들레 꽃씨처럼 아래로 흩날린다.

아래.

아니다.

그저 저곳에 중력이 생겼을 뿐이다.

'내'가, 원래 나였던 것이 자신의 파편을 집어삼키고 있다.

축소하는 세상은 눈도 뜰 수 없을 만큼 찬란하다. 어느 방향을 보든 빛이 나를 향해 쏟아진다. 축소의 중심은 검은 빛이었다. 나는 지탱할 곳도 버틸 곳도 없이 굴러떨어졌다.

예전이라면 무엇이든 해보련만 속절없었다. 중력을 만들 수도 없고 탄재처럼 역분사 추진기 같은 것을 만들 재간도 없다. 나는 그저 추락했다.

추락하는 동안 압도적인 인격이 폭포처럼 정신을 덮쳐 들어왔다. 무수한 자아가 나를 훑고 지나간다. 투명한 뱀이 똬리를 틀며 휘감았다 풀려난다. 종을 특정 지을 수 없는 괴수가 이빨을 드러내며 달려들었다. 무수한 사람들이 아우성치며 마음을 꿰뚫고 지나갔다. 대화와 설득과 논쟁이 쏟아졌다. 하지만 아무것도 내게 영향을 미치지 않았다. 모든 것이 나를 통과해갔다.

상대는 멈췄고 나를 공간에 띄워둔 채 뒤로 물러났다. 나는 내가 누웠는지 섰는지, 여전히 자유 낙하하는지 알 수 없는 상태로 상대를 보았다.

축소하는 응축된 천체 주위로는 아직 채 녹아들지 못한 것들이 실처럼 튀어 올랐다가 다시 합쳐진다. 사방으로 뻗은 실이 아직 남은 개체와 입자를 빨아들인다. 상대는 계속 폭발하는 검은 태양처럼 보였고 한편으로는 거대한 암세포 덩어리 같았다. 하계의 어딘가에서 지금도 계속 증식하고 있는 어느 암 환자의 세포 같은 불멸의 생명체. 절대적인 자아.

그는 서둘지 않았다. 서둘 이유가 없다. 그는 이미 지성체 이상의 존재다. 우리가 체험한 우주의 모든 역사가, 쌓아온 지식의 파편들이 어우러져 새로운 의미를 만들고 있을 터였다. 매 순간 새로운 깨달음의 폭풍이 휘몰아치고 있을 터였다.

'나'다.

고독과 무자극의 영원에서 벗어나기 위해 분열을 시작하기 전의 나다. 내가 그랬듯이 극도로 현명하고 극도로 비정한 것이다.

'타락한 것이다.'

'고통을 줄 수 있어.'

'타락한 것은 고통만으로도 쉽게 굴복한다.'

생각이 전해졌다. 고통은 이미 흘러넘치고 있다. 이 육신에 어떤 고통을 더한다 해도 연(緣)을 상실한 고통에 비할 것인가. 내 연이 대신해 죽어버린 이 목숨을 부여잡고 있는 고통만 할 것인가.

"나반."

'내'가 나를 불렀다.

"들어와라. 하나의 주기가 끝났다. 배움을 다시 시작하자."

나는 고개를 저었다.

들어가기만 하면 고통이 사라질 줄도 안다. 물밀 듯이 들어오는 지혜와 깨달음이, 평온함과 행복감이 나를 가득 채울 줄도 안다. 파편일 뿐인 자아에 집착했던 나 자신을 돌이키며 비웃게 될 줄도 안다. 탄재가 죽지 않은 줄도 안다. 다른 모든 아이들이 죽지 않은 줄도 안다. 그들이 타인이며 별개의 생명을 가진 독립체라는 생각 전체가 착각인 줄도 안다. 알면서도 슬픔을 참을 수가 없었다.

내 마음을 읽은 '나들'이 안타까워했다.

"유전자의 지배를 받는 생물처럼 굴지 마라, 나반. 너는 타락했고 정화가 필요하다."

그는 완전히 다른 가치관에 선 자의 자비심으로 위로했다.

내가 반응하지 않자 덩굴 같은 하얀 끈이 뻗어왔다. 손가락을 더듬고 손목을 휘감았다. 발목을 조이고 목을 감쌌다. 강제로 조각을 낼 생각이다. 나는 극한의 슬픔에 움직일 기력을 잃은 채 멎어 있었다.

　덩굴이 휘감은 손에서 손톱이 자라났다. 목을 칭칭 감은 덩굴 위로 머리카락이 자라난다. 피부에 모공이 생겨나고 주름 사이로 잔털이 자랐다. 안에서도 변화가 시작되었다. 내 해부학적 기억과 지식에 따라 몸이 형성되어나갔다. 혈관이 몸 전체로 자라나고 심장이 펄떡이며 뛴다. 소리가 사라진 공간에서 내 심장 소리만이 세상 전체에 울린다. 폐가 두툼하게 부풀고 코와 입으로 기관이 이어졌다. 뼈가 자라고 근육이 붙고 소화기관이 생겨난다. 눈물샘이 만들어지자 눈물이 흘렀다. 나는 침을 삼켰고 숨을 내쉬었다.

　신경이 연결되고 감각수용기가 자라나자 고통은 이제와는 비할 수 없을 만큼 생생해졌다. 심장이 찢어질 것 같다. 덩굴이 조인 자리에 피가 맺혔다. 피가 통하지 않는 자리에 아픔이 몰아쳤다. 고통은 생생했고 선명했다. 하계의 조악한 감각수용기가 전하는 것과는 차원이 다른 선연한 감각이었다. 나는 시신경이 연결된 눈을 뜨고 상대를 노려보았다.

　덩굴이 몸을 조이는 것을 멈췄다. 상대에게 표정은 없었지만, 당혹감이 떠오르는 것을 알 수 있었다. 이렇게까지 타락한 것을 흡수해도 괜찮을까 고민한다. 하계라는 거대한 타락을 감수해야 하는 것을 생각하면 이것이 치유될 때까지는 기다려야 하지 않을까. 우선 격리시키는 정도로…….

상대가 망설이는 사이 나는 뛰어들었다.

안에서는 모든 것이 들끓고 있었다. 복희의 궁전은 용광로에 담았다 꺼낸 것처럼 곤죽이 되어 뒤섞여 있다. 다른 친구들도 그들의 작은 죽음과 함께 먼지처럼 분해되어 떠돌고 있다. 한창 화학작용이 활발한 용액 내부처럼, 핵융합 중인 용광로 내부처럼. 다들 반쯤은 자신을 유지하고 있었고 반쯤은 잃고 있었다. 나는 그 사이를 떠도는 우주전함을 찾아내었다. 찾아냈다기보다는 이끌렸다. 이끌릴 줄 알고 있었다. 고맙기도 하지. 타락을 감지하는 중력장이여.

선지자의 인격마저 분해하는 이 무시무시한 전해질 안에서, 전함은 꼿꼿이 버티며 자신을 유지하고 있었다. 이 대격변 속에서 홀로 투쟁한다. 과연 탄재의 아이였고 감탄스러웠다.

나는 추락하며 벽에 속삭였다.

'계속 부탁해서 미안하지만…….'

'들어와.'

벽은 명령했고 나는 따랐다.

나는 기관실에서 튀어 올랐다.

죽을 것 같았지만 그럴 수 없다는 것을 알 만큼은 제정신이었다.

재빨리 주위를 둘러보고 눈에 띄는 모든 것을 벽으로 밀어붙였다. 기계를 뜯어내고 책상이며 의자를 밀었다. 모두가 놀라울 정도로 무겁고 버거웠다. 멀리서 비웃음 소리가 들리는 듯했다.

'뭘 하는 거지?'

쫓아온 빛의 무리가 전함을 둘러쌌다. 벽이 사방에서 끼긱거리며 조여들었다. 나는 뒤로 물러나 방 한가운데에 섰다. 벽은 조여들다가 멈춰 섰다.

프린터며 TV, 홈 스피커 같은 것이 문을 막고 있다. 전자기 충돌 에너지를 기반으로 하는 회로와 전자부품으로 채워진 것이다. 웬만한 생물의 내부보다 복잡한 것이다. 상대가 전진하려다 갑자기 말이 통하지 않자 당황하며 우왕좌왕하는 것이 느껴졌다.

하지만 오래 걸리지 않을 줄도 안다.

'나'니까.

나는 마지막으로 탄재의 신과학/최첨단 의자로 최후의 방어선을 짜고는 비상구를 지나 복도를 달렸다. 아마 그들이 문을 설득하고 난 뒤에도 그 의자 앞에서 한참은 새로 논쟁을 벌여야 할 것이다.

움직이기 위해서는 걸어야 했고 빨리 가려면 뛰어야 했

다. 문을 지나려면 문을 열어야 했고 막히면 돌아가야 했다. 인간의 알몸은 생태학적으로도 형편없었다. 연약한 발바닥은 디디는 대로 생채기를 입었다. 뛰다가는 다리가 꼬여 넘어졌고 골목을 돌다가는 벽에 머리를 부딪쳤다. 나는 한 치 앞도 보이지 않는 미로 속을 머릿속에 있는 지도를 더듬으며 갔다. 어둠 속을 더듬거리다 불을 켰다.

창고에는 스무 대의 전송기가 놓여 있었다. 나는 그중 하나를 택해 누웠다. 잠깐 누웠다가 도로 일어났다.

전선이 마구잡이로 늘어뜨려져 있다. 관화가 옆에 있었지만 말을 걸 수가 없었다. 어떻게 말을 걸었는지 떠오르지 않았다. 전송기 옆으로 복잡한 계기판이 늘어서 있었지만, 원리를 이해할 수가 없었다. 속내를 들여다보아 해부도를 파악할 수도 없었다. 하계에서 배운 공학적 지식을 더듬어 보았지만, 의미가 없었다. 이것의 원리가 무엇이든 하계의 어느 시공간의 기술보다 한참 앞서 있을 것이다.

'탄재, 내 스승이시여.'

나는 웃으며 탄식했다.

'제자가 부족하여 감히 뜻에 이르지 못하나이다.'

앉아 있자니 문이 살아 움직이듯이 흔들렸다. 희미하게 빛나며 물처럼 흘러내리고 풍선처럼 부풀었다. 설득하거나 거래하는 소리도 없었다.

사람 하나가 문을 통과해 걸어 나왔다. 빛나고 투명했고 탄재의 모습을 하고 있었다. 몸에 이어진 수많은 빛나는 하얀 선이 바깥으로 흐르고 있다.

탄재의 물질만 들여보냈을 것이다. 아무리 사물화한 우주선이라도 제 주인은 알아볼 테니까. 지금으로써는 가장 나를 흔들 만한 것이기도 하고.

'그 애가 아니야.'

나는 자신을 다잡았다. 저것이 탄재의 기억을 갖고 있더라도, 한때 그의 몸을 구성했던 물질로만 이루어져 있더라도 그 아이는 아니다. 완전히 다른 것이다. 그 아이는 이제 '없다.' 죽었다. 다시는 돌아오지 않는다.

'죽었다.'

나 자신의 생각이 몸서리치게 낯설었다.

'같은 것이 아니야.'

"선생님 말이 맞네요."

탄재의 얼굴과 몸을 한 것이 탄재의 목소리로 말했다. 굳이 입을 움직이지는 않았다. 입을 움직여야만 목소리가 나오는 나와는 다른 경지에 있으니.

"해석이 달라질 뿐이네요."

그는 붕 떠서 내게로 다가왔다.

"죽는 것도 아니고 사라지는 것도 아니고, 그저 변할 뿐이군요. 엄청 겁냈는데 왜 그랬나 싶네요."

그럴 것이다. 아는 문제다. 지금 이 순간에조차도.

탄재는 자신의 우주선을 돌아보았다. 과거의 내가 그랬듯이 이 조잡한 잡동사니는 다 뭔가 하는 눈으로 본다. 찰과상투성이인 작고 초라한 내 알몸을 보더니 웃음을 참지 못하겠다는 얼굴을 한다.

"알 수 없었던 것들이 정말 많았는데, 이렇게 쉽게 알 수 있었으면 진작 선생님에게라도 합일해달라고 조를 것을."

"도와다오."

내가 말했다.

"도와달라고요?"

탄재가 눈을 반짝였다.

"하계로 전송시켜다오. 혼자서는 갈 수가 없어."

태고부터 우리가 그처럼 많이 분열하고, 그처럼 많은 생을 살고 죽는 사이에, 나처럼 타락한 개체가 존재는 했을까. 내 대다수인 '저것'은 순수하고도 올바른 자비심으로, 가르침을 주는 스승의 시선으로 안타깝게 나를 지켜보고 있을 터였다.

"그래서 뭘 하시게요?"

탄재가 다 이해한다는 얼굴과 도무지 이해할 수 없다는 표정을 동시에 지었다.

"음, 그래요. 돌아오실 때까지 기다려드릴 수도 있겠죠. 하지만 그렇다고 달라지는 건 없어요. 다 시간문제죠. 내려가서 무슨 계획이라도 짤 수 있겠어요? 어차피 왜 태어났는

지도 다 잊으실 텐데요."

"안다."

"명계에서 새 아이를 보내지 않으면 태어나는 생명도 없고 하계의 생태계는 머잖아 무너질 거예요. 아, 하긴, 아만은 '자가 윤회'를 하게 되었으니 한동안은 유지가 되겠네요. 하지만 선생님은 이제 몸을 분열하실 수도 없는데, 혼자서 뭘 하실 수 있겠어요?"

탄재가 은은하게 빛나는 손을 내밀었다.

"이리 와요. 아무것도 아니에요. 왜 그렇게 도망쳤는지 회고하며 비웃으실 거예요."

"안다."

내가 답했다.

"알아……."

"그럼 왜 가려고 해요?"

경이로운 일이었다. 이처럼 거대한 존재, 모든 지식을 합일한 자가 이처럼 작은 존재의 머릿속 하나 들여다보지 못하다니. 아마 상대도 비슷한 경이를 느끼고 있을 것이다. 이처럼 작은 존재가 이처럼 완벽하게 분리될 수 있다니.

"살고 싶다."

내가 말했다. 탄재는 못 알아듣는 얼굴을 했다.

"한 생일 뿐이라도 좋아. 살고 싶다. 어차피 생은 하나뿐이고 그걸로 족하다. 네가 이 목숨을 주었으니 이 생 하나는 살아야 하겠다."

아, 나는 참으로 비논리적이고 비합리적이었다. 마음은 이토록 강렬하게 이해하건만 누구 하나 설득시킬 자신이 없었다.

탄재는 무겁게 침묵하다가 미소를 지었다. 하계의 어느 위대한 예술가가 생 하나를 바쳐 신전 어느 벽에 그렸을 법한 미소였다. 자비 이상의 것이 깃들어 있었다.

"균형이군요."

탄재는 나를 부축해 뉘었다. 손을 쓰지는 않았다. 가볍게 눈짓을 하자 보이지 않는 손이 내 가슴을 눌렀고 나는 저항조차 못하고 누웠다.

탄재가 관화를 조작하기 시작했지만 역시 손을 쓰지는 않았다. 전선이 몸을 훑으며 들어올 자리를 가늠하더니 피부에 스며들고 혈관에 박힌다. 아픔을 이해하지 못하는 상대라 사정을 두지 않는다. 하지만 나는 내색하지 않았다.

"한 번뿐인 생이라. 색다른 가치가 있을지도 모르죠."

그의 눈에 한때 내게 있었을 법한 잔잔한 호기심이 떠올라 있는 것을 보았다. 이해할 수 없는 것을 이해하고자 하는 눈. 철없고 모자란 것의 가치를 보려 하는 눈.

그가 이제부터 일어나는 일을 새로운 실험으로 생각하는 것을 느낄 수 있었다. 명계와 하계의 연계가 온전히 끊어진다면, 지상에서 모든 선지자가 떠나고 타락한 자만 남는다면 하계는 어찌 될까. 그 세계가 단 한 번뿐이고 하나뿐인 진실이라 믿고, 전생과 사후는 없으며 이승의 삶만이 진실이라 믿는 자들로만 이루어진 세상은. 그런 세상을 지켜보는 것 또한 하나의 배움이 될 것이다.

'화학'이 나를 분해하고 입자 형태로 나눈다.

하계에 가면 아만이 있을 것이다. 나는 눈을 감으며 생각했다.

그렇게 많이 쏟아졌으니 만나는 모든 것이 아만일 것이다. 어디를 보나 아만일 것이다. 무엇을 사랑하든 그이일 것이다. 누구와 연을 맺든 그이일 것이다. 그리 생각하니 기분이 좋았다.

그중 가장 열렬히 사랑했던 아만을 생각했다.

이불에 누워 나를 바라보던 아만을 생각했다. 창에서 쏟아지던 햇빛을 생각했다. 아침마다 같이 맡던 차 향을 생각했다. 생이 이대로 끝나도 좋겠다고 생각했다. 생이 이것 하나뿐이어도 참 좋겠다고 생각했다.

그이가 내 청혼을 받아들였던 날이 떠올랐다. 비가 몹시 오던 날이었다. 오도 가도 못하고 어느 건물 차양 아래에서 비를 피하다가 나도 모르게 청혼을 했다. 무슨 청혼이 이 모양이냐고 한참을 그 아래에서 싸웠다. 서로 밀치는 바람에 빗속에서 넘어지기도 하고 먼저 간다고 화를 내고 걷다가 추워서 도로 차양으로 돌아와 오들오들 떨며 비를 피하기도 했다.

우리는 어깨를 기대었다. 눈썹을 만지고 이마를 맞대었다. 눈을 들여다보고 젖은 머리를 쓸었다. 뺨을 쓰다듬고 입을 포겠다. 성감대에 심어 놓은 예민한 감각, 우리가 서로 제 짝을 만나라고 넣은 프로그램, 술이나 마약과 다르지 않은 화학반응, 도파민과 아드레날린.

나는 생각했다. 그때 내 혈관과 신경계를 흐르던 화학물질마저도 나 자신이며 내 일부라고, 쏟아지는 빗줄기도 내가 서 있던 그 거리도 밟고 선 땅도, 그 세상 전체도, 나와 함께 했던 그 사람도 나고 내 일부라고. 그러니 그 모두가 현실이라고. 아아, 그러나 그 무엇보다도, 그는 타인이기에 의미가 있다고. 내가 만나는 무엇 하나 내가 아니기에 내가 사랑하고 연민하며, 내 삶을 다 바칠 수 있는 것이라고.

이승에 미혹된 선지자, 생존 프로그램이 왜곡해서 전하는 감각을 순수한 진실이라고 믿는 타락한 자.

내가 이 타락을 향유하니, 나를 어디로든 이끌라. 그 또한 하나의 배움일 것이니.

새
벽
기
차

1

기차가 멈추자 시간이 흐르기 시작했다.

얕은 밤이 걷혀갔다. 늘 푸른 기가 도는 연분홍빛이었던 하늘이 주홍빛으로 물들었다. 지평선에 머리자락만 내놓고 있던 해가 붉게 날이 선 빛을 뿌리며 몸뚱이를 드러냈다. 멎어 있던 별이 흐르며 숨이 죽었다. 기차에서 태어나 처음 시간이 흐르는 것을 본 아이들은 세상 어딘가가 망가진 줄로만 알고 울기 시작했다.

모래에 반쯤 파묻힌 지프와 씨름하던 사내가 고개를 들고 우리를 바라보았다. 사내도 곧 해가 뜬다는 것을 안다. 이대로 멈춰 서 있으면, 밤새 사막이 머금어 준 풍성한 습기를 말려버리고 모래폭풍을 일으키고, 살갗을 뚫고 찜기

에 넣은 고기처럼 세포를 익혀 버릴 '낮'의 영역에 삼켜버
린다는 것을 안다.

　이것은 만 하루 동안에 일어난 일이며 우리에게는 전혀
시간이 흐르지 않은 사이에 일어난 일이다.

2

지구에서 온 사람들은 가끔 우리가 왜 기차를 타게 되었는지 묻곤 한다. "나 같으면 하루도 기차에서 못 지낼 것 같은데. 한 달은 둘째 치고 말이야." 하고 덧붙이면서.

지구인과 우리의 시간 개념은 조금 다르다. 지구인의 하루는 우리로서는 한 시간에 조금 못 미친다. 지구인의 한 달이 우리에게는 하루다. 우리 키바 사람들은 태어난 지 열흘이면 걷기 시작하고 한 달이면 말을 뗀다. 한 살이 다 되기 전에 어른이 되고 서너 살이면 수명을 다한다. 밤낮의 구분 없이 하루에 열 번의 쪽잠과 다섯 번의 큰 잠을 자고, 큰 잠은 지구 시간으로 하루 이틀 분량의 긴 수면을 취한다.

물론 우리가 지구인과 특별히 다른 생물종이라든가, 특

별히 빨리 자라는 것은 아니다. 그저 이 별이 지구 시간으로 30일 정도에 한 번 자전할 뿐이다. 태양과 별 무리가 지구보다 서른 배 느리게 하늘을 이동할 뿐이다.

그 속도는 지구 단위로 환산하면 시속 55킬로미터 정도로, 차로 달리면 얼추 따라갈 수가 있다. 그 속도로 쉬지 않고 달리면 우리 시간으로 하루 만에 출발했던 자리로 돌아온다.

"이론상으로는 그렇지만." 막연히 들은 지구인들은 또 묻곤 한다. "산맥이나 강도 있고 바다도 가로막혀 있을 텐데."

키바의 지형은 지구와 다르다. 키바의 바다는 양 극지방에 몰려 있고 대륙은 적도를 중심으로 테를 두른 것처럼 하나로 이어져 있다. 지구인과 교류하면서 알게 된 사실이지만 원심력이 약한 행성의 특징이라고 한다. 대륙은 화산지형을 제외하면 전반적으로 평평하며 중심부에는 긴 테처럼 사막이 늘어서 있다. 우리는 주로 해안가에 살며 바다로부터 먹을 것과 자원과 산소를 얻는다.

낮밤이 길어 낮에는 기온이 55도까지 오르고 밤이면 영하 45도까지 떨어진다. 키바의 식물은 대개 하루살이 풀로, 새벽에 싹을 틔워 낮에 열매를 맺고 저녁이면 시든다. 철새들은 아침나절까지 머물다가 낮이 오기 전에 새벽으로 돌아간다. 큰귀코끼리는 밤이 오면 남으로 내려가고 낮이 오면 북으로 이동한다. 줄무늬큰뿔소와 큰점박이사슴무리는 위도를 따라 달린다. 그들은 하루의 반 이상을 달리는데, 그 경로에는 천연의 도로가 다져져 있어 대상(大商)들이 그들의 뒤를 쫓아 이동한다. 그 뒤로는 줄무늬큰뿔소가 남긴 배설물을 비료로 만드는 상인들이 뒤를 쫓는다.

그러니까, 키바의 생태계는 오래전부터 그렇게 태양을 따라 이동해 왔다.

새벽기차가 처음부터 행성을 횡단한 것은 아니다. 여러 지역 자치구에서 만든 해안철도가 긴 세월에 걸쳐 이어진 것이다. 기반이 된 것은 주요 어촌과 수산시장을 연결하는 장기 화물노선으로, 새벽 어스름에 해안가에 늘어선 어촌에 도착하는 기차였다. 그때가 춥지도 덥지도 않은 좋은 시간대라서다. 밤새 어업을 한 어부들이 나와 어획물을 팔고, 다음 도시에서는 상인들이 막 기차에 실려 온 신선한 생선을 받아 장에 나가 팔았다. 후에 관광노선으로 개발되어 행성 전역을 잇게 되었다.

새벽기차는 시간선을 따라 달리기에 시간이 흐르지 않는다. 차량에는 시계가 두 개 붙어 있는데, 하나는 행성 표준시고 하나는 기차시다. 기차시는 가지 않기 때문에 그림으로 붙여 놓기도 한다.

태양폭풍으로 오존층이 망가진 이후로 키바는 한층 더워졌다. 그리고 그건 태양 그 자체의 활동이 변한 탓일 수도 있고 행성 자기장이 뒤틀린 탓일 수도 있고, 태양광의 변화로 산림이 망가진 탓일 수도 있고, 자외선이 증가해 해양식물이 바다를 덮은 탓일 수도 있다. 자연은 한 가지 원인으로 설명하기가 어렵다. 동일한 원인이 키바를 춥게 만들 수도 있었다. 자연에 생겨난 상처는 사람에게 생겨난 상처처럼, 양극단 어딘가로 이동하는데 어느 극으로 갈지는 모른다. 중요한 것은 태양광에서 쏟아지는 유해한 것들과 대낮에 작열하는 열기가 우리가 견딜 수 있는 선을 넘어섰다는 것이다.

도시는 지하로 내려갔다. 행정부처와 회사는 지하에 자리를 잡았다. 초고층 건물 대신 초저층 건물이 생겨났다. 집을 가진 사람들은 땅굴을 파거나 지하실을 주거공간으로 개조했다. 그럴 여력이 없는 사람들은 조용히 예전의 삶을 이어갔다. 지구에서 이민 선단을 보내온다는 소문이 돌았고, 우리는 그때까지만 태양을 피해 달아나면 된다고 생각했다. 지구는 시간 감각이 빠른 별이니 몇 달만 견디면 된다고 생각했다.

자동차는 장담할 수가 없다. 길은 선로처럼 고르지 않다. 배는 풍랑을 예측할 수가 없다. 이제 비행기는 아무도 타려 하지 않는다. 인간이 견딜 수 있는 멀미의 수준을 생각해도, 기차는 우리가 선택할 수 있는 가장 안전한 이동수단이었다.

이민 선단은 오지 않았다. 앞으로도 오지 않을 것 같다. 지상에 남은 사람들 중에는 죽은 사람도 있고 산 사람도 있다. 우리 중에도 죽은 사람이 있고 산 사람도 있다. 단지 지상에 남은 사람들은 자외선을 차단하는 검고 단단한 피부를 갖게 되었다. 태어나는 아이들은 더 단단하다. 열악한 환경이나마 견뎌낸다. 우리는 그럴 수가 없다. 달리는 것 외에는 다른 선택지가 없다. 무엇이 좋은 선택이었을지 지금도 가끔 생각하지만, 결국 지나기 전에는 알 수가 없다.

3

기차는 시간이 지나며 작은 도시로 변해 갔다. 의자가 가장 먼저 개조되었다. 마음이 맞는 사람들끼리 의자 등받이를 내려 '집'인 좌석을 합쳤다. 나중에는 웬만한 칸은 하나로 이어졌다. 혼자 온 사람도 가족이 온 사람도 단체로 온 사람도 있었지만, 나중에는 모두 한 가족이 되었다.

기차를 탔다는 것 외에 우리에게는 그 어떤 공통점도 없었다. 살아온 환경도 생각도 사는 방식도 모두가 달랐다. 하지만 하루가 지나자 모두가 비슷해졌다. 사흘이 지난 뒤에는 하나 같아졌다. 어쩌면 생각에도 자장(磁場) 같은 것이 있어, 너무 가까이 붙어살다 보면 다른 생각을 하기 어려워지는지도 모르겠다. 우리의 경험은 동일했고 매양 매 순간이 같았다. 아는 것이 같아 나눌 이야기도 없었다.

우리는 늘 밖을 보았다. 하늘은 늘 푸른 기가 도는 분홍빛이었다. 해머리는 지평선에 못 박혀 있었다. 새벽별도 그 자리에 머물렀고 키바의 공전에 따라 아주 조금씩만 자리를 틀었다. 줄무늬큰뿔소와 점박이큰사슴 무리가 우리와 함께 달렸다. 그들은 먼지를 일으키며 제자리걸음을 하는 큰 벽화처럼 보였다. 기차에서는 시간이 멎는다. 어른들은 늙어 갔고 우리는 나이가 들었지만, 시간은 흐르지 않았다. 한 세대를 여행했지만 떠나온 시간에 계속 머물렀다.

언젠가 내가 창밖을 하염없이 보았던 적이 있다. 정신이 들고 보니 우리 차량의 모든 사람이 내가 보는 방향을 보고 있었다. 내가 "저기에는 아무것도 없어요. 난 그냥 딴생각을 하고 있었을 뿐이에요."라고 말하려 했지만 사람들은 눈을 떼지 않았다. 내게 반응하는 사람도 없었다. 나는 이 일을 시작한 사람이 나라는 것을 들킬까 두려워 도로 그 방향에 시선을 못 박았다.

우리는 많이 생각하지 않았다. 기차는 우리를 피로하게 했고, 뭔가를 생각하기에 우리는 늘 피로했다. 누군가가 간혹 생각을 하면 그 생각은 전체의 것이 되었다. 때로는 그 의견이 남의 의견이었는지 내가 처음부터 그렇게 생각했던 것인지도 헷갈렸다. 일을 할 때는 대화 없이도 일사불란하게 했다. 차량이 정거장에 선 잠깐 사이에 귀신같이 정비를

마치고 도로 기차에 올랐다. 정착민들은 그 일사불란함에
혀를 내둘렀고 우리는 가끔 그것을 자랑스러워했다.

어렸을 때 나는 간혹 '나'라는 표현을 썼지만, 이제는 거의
쓰지 않는다. 지금 나는 나를 부를 때도 '우리'라고 부른다.

우리는 계속 어떤 '과정' 사이에 있었다. 마음을 정착할
수가 없었다. 하염없이 무엇인가를 기다렸다. 무엇을 하려
하든 '아아, 그래, 도착한 다음에 해야지.' 하고 생각했다.
떠날 곳도 도달할 곳도 없는데도 불구하고.

4

처음에는 우리 말고도 많은 사람들이 각자의 차를 몰고 여행길에 올랐다. 초반에는 선글라스를 쓰고 가죽옷을 입고 시끄러운 음악을 틀며 기차를 향해 야유하는 패거리도 있었다. 캠핑카나 트럭에 사람들을 가득 태우고 엉금엉금 달리는 차도 있었다. 그들이 오래 버티리라 생각한 사람은 그들 자신밖에 없었다. 이틀이 지나자 거의 짐승들만 남았다. 그 뒤에도 온몸에 차도르를 두르고 걷는 상인들이 있었다.

그리고 지금은 한 사람만이 달린다. 지프를 모는 그 남자.

우리는 늘 창으로 그 사람을 본다.

그와 우리의 속도는 다르다. 그는 우리와 달리 때가 되면 잠을 자야 한다. 그 사람이 우리 옆을 지날 때는 빠른 속도로 지나쳐간다. 때로 우리는 지프에 팔짱을 끼고 잠든 그를 보면서 지나간다. 가끔은 기차가 지나는 소리에 깨어난 그가 우리를 바라본다.

그가 시야에서 벗어날 때도 있었다. 우리는 기찻길을 따라갈 수밖에 없지만 그는 지름길이나 차가 다니기 편한 길, 먹을 것을 구할 수 있는 곳이나 몸을 씻을 곳을 아는 것 같았다. 그의 경로는 매일 조금씩 정교해졌고 나중에는 그의 바퀴 자국을 따라 이동하는 작은 짐승 무리까지 나타났다. 짐승들이 그 사람이 쉬던 자리에서 쉬고 그 사람이 고쳐 놓은 우물에서 물을 마셨다.

어떤 사람들은 그가 대단한 정비사일 거라고 했다. 그러니까 그 차가 여태껏 굴러가고 있을 거라고. 아닐 거라는 이야기도 있었다. 그는 차에 지붕을 만들어 쓰고 다녔는데, 볼 때마다 지붕이 바뀌는 걸 보면 뭘 튼튼하게 만드는 법을 모르는 것 같다고 했다. 대나무와 부댓자루를 엮어 만든 꽤 괜찮은 것이 있었는가 하면 슬레이트 판이거나 살이 다 나간 우산일 때도 있었다.

그저 몇 가지 행운이 겹친 결과라고도 했다. 통계의 우연에 의해서도 전쟁터에서 사람이 다 죽는 것은 아니지 않는가 했다. 꼭 대단한 전사거나 영웅이라서 살아남는 것이 아니다. 그저 운 좋게 운명이 비켜 간 것이다.

열흘이 지나고 스무날이 지난 뒤에야 우리는 그 사람을 기차에 태울 수도 있었다는 생각을 했다. 하지만 어떤 일은 시기를 놓친다. 우리는 모두 그의 여정이 조만간 끝나리라 믿었다.

하지만 그는 매 순간 그 믿음을 배반했다. 도시는 흘러가고 땅은 멈춰 서지 않고, 아름다운 풍경도 한순간에 지나가건만, 오직 해와 별과 그 사람만이 우리 옆에 멎어 있었다.

남자의 지프에는 혼 비슷한 것이 깃들어 있는 것 같았다. 지프는 늙은 암말 같았고 상처 입은 충직한 사자 같았다. 털 털거렸고 성한 곳이 없었지만 예고 없이 서는 일도 문제를 일으키는 일도 없었다. 우리는 그 차가 수명을 다하면 한순간에 남자도 생을 마감할 것이라고 생각했다. 죽는 순간까지 달리다가 선 채로 죽는 점박이큰사슴처럼.

우리는 간혹 그 사람의 꿈을 꾸었다. 꿈속에서 남자는 창을 들고 달려와 차량 연결고리를 끊기도 했고, 지프에서 박격포를 꺼내 기관실을 부수기도 했다. 종종 회의를 하다보면 '적'의 침입을 막기 위해 경비를 서야 한다는 이야기가 돌았고 그때마다 모두가 자연스럽게 그 남자를 떠올렸다.

우리는 물과 식량과 기름을 사기 위해, 또 차량을 정비하기 위해 정거장에 선다. 지금 기차는 행성을 이동하는 유일한 차량이다. 우리는 정착민들에게 배달이나 편지 심부름을 받고, 기차 안에서 만든 술이나 손뜨개 옷을 판다. 간혹 막대한 돈을 받고 승객을 태운다.

그 사람과 우리는 가끔 정거장에서 만난다. 우리는 한 번
도 그에게 말을 붙여 본 적이 없었다. 그 역시 한 번도 우리
를 향해 말을 걸어 본 적이 없다. 거래를 하는 동안 우리는
보이지 않는 벽이 쳐 있는 것처럼 각자 정착민과 대화한다.

사람들은 그가 우리를 증오하기 때문이라고 했다. 혹은
경멸하기 때문이라고 했다. 복수할 마음을 품고 있기 때문
이라고도 했다. 하지만 나는 그가 우리와 말을 섞지 않는
이유를 달리 생각했다.

나는 그가 자신을 사라진 옛 시간선에 남은 유일한 생존
자로 상상한다고 생각했다. 그의 동반자인 차를 포함해서,
옆을 스쳐 지나가는 길고 투박한 몸뚱이를 가진 거대한 기
계생물 두 마리와 함께 살아간다고. 그의 입장에서 우리는
거대한 생물의 안에 사는 기생충이나 바이러스나…… 뭔가
나쁜 느낌이 나지 않는 말이 있으면 좋겠는데…… 개별로서
는 인격이 없는 군집생물 같은 것이라고 생각한다.

나는 가끔 그 사람에게 가서 기차에서 직접 담근 술이나
설탕물을 건네는 상상을 하곤 했다. 눈을 마주 보며 "이름
이 뭐예요, 전에는 어디 살았나요." 같은 시시한 질문을 던
져보고 싶었다.

하지만 만약 내가 그와 눈을 마주한다면, 그는 나를 기
차 안에 사는 기생충이나 바이러스나 뭐 그런 군집생물의

부분체가 아니라, 한 명의 사람으로 생각하기 시작할 것만 같았다. 그러면 그는 기차가 지나갈 때 내가 사는 차량이나 내가 앉아 있는 좌석의 창문을 들여다보기 시작할 것이다. 그 사람은 언제고 내게 지나가듯이 질문할지도 모른다.

'그런데 그 기차에 혹시 빈자리 없니?'

혹은

'너희는 왜 아직도 나를 태워주지 않는 거니?'

나는 그 사람이 그런 질문을 할까 봐 두려웠다. 나로서는 답을 해 줄 수가 없었기 때문이다.

그러면 그는 이제 기차가 지나갈 때마다 생각할 것이다. 너는 나를 기차에 태워줄 수 있는 유일한 사람인데, 어째서 계속 외면하는 거지? 왜 차장에게 한번 말이라도 해 주지 않는 거니? 그의 가슴에 싹튼 소망은 증오로 바뀔 것이다. 나는 이 기차 전체를 대표해서 그의 증오를 받게 될 것이다.

어린 마음에도 나는 이 모든 것을 상상했고 그 상상은 신화적인 면은 있되 허무맹랑하지는 않았다. 그는 우리보다 먼저 종말에 이를 것이고 그 자신도 알고 있었다. 나는 필연적인 종말을 향해 달리는 그 힘없는 사람을 두려워했고 내가 알기로는 우리 모두가 그랬다.

5

우리가 그날 왜 멈췄는지는 아무도 모른다. 지금까지 다른 모든 여행자의 운명에 무심했으면서도. 왜 내버려두고 떠나지 않았을까.

오랫동안 기차를 끌었던 기관사가 이미 사라져버린 시대의 조난자 구조지침을 떠올렸을지도 모른다. 차장을 비롯한 위정자들은 그토록 오랫동안 우리를 조롱해 왔던 이 잘난 아웃사이더를 향해, 마침내 (당연한 일이지만) 우리가 승리했다는 우월감을 향유하고 싶었을지도 모르겠다. 아니면 우리는 미지의 위협이었던 그 남자를 오직 그때에만 위험 없이 그를 손쉽게 잡아들일 수 있으리라 생각했을지도 모른다.

그 사람은 패배한 짐승처럼 얌전히 기차를 향해 걸어왔

다. 그는 처음 여행을 떠났을 때보다 한참 늙어 있었다. 승무원들이 내려 그를 둘러싸 작은 침대칸에 가뒀다.

기차가 출발하자 다시 시간이 멎었다. 해는 지평선 머리에 붙들렸고 새벽 별들은 회전하는 일 없이 자리를 지켰다.

그 사람은 우리에게 말을 걸지 않았고 우리도 그에게 말을 붙이지 않았다. 서로를 인간이라기보다는 미지의 세계를 살아가는 다른 생물처럼 대했다. 나는 때로 그 사내가 거대한 짐승의 뱃속에 먹힌 기분에 빠져 있다는 생각을 했다.

우리는 그를 감시했고 굶기기도 했고 때로는 구타도 했다. 혹시나 있을지도 모르는 이빨과 어디엔가 숨겨 놓았을 증오를 탐지했다. 남자는 아이처럼 얌전했다. 호의도 적의도 없었다. 폭풍이 지나기를 기다리는 사람처럼 잠이 들고 또 깨었다.

정거장에 이르자 그 사람은 차에서 내리려고 했다. 우리는 그 사람이 단지 내리기를 원했기 때문에 내리는 것을 막았다. 만약 붙어 있으려 했다면 어떻게 해서든 쫓아냈을 것이다. 그 사람이 하려는 일이 무엇이든 어떤 미지의 음모의 일환일 것이며, 그 목적은 우리에게 해를 끼치는 것이라고 믿었다. 정거장에 설 때마다 지역주민들은 그 사람이 갇힌 칸에서 사람을 구타하는 소리를 들을 수 있었다.

몇 번인가 소란이 있었던 뒤에 누군가가 소리쳤다.

"하고 싶은 대로 하게 해. 어차피 아무것도 못 할 테니까."

그러자 우리는 약속이나 한 듯이 멈춰 섰다. 우리에게 반대의견이라는 것이 없다. 지프를 타던 사내는 침묵 속에서 일어났다. 그리고 모두의 시선을 받으며 밖으로 나갔다.

거주민들은 그 사람의 시퍼런 눈두덩과 찢어진 입술을 보고도 아무 말도 하지 않았다. 그들에게 중요한 것은 그 사람이 가진 돈이었지 몸 상태가 아니었으니까. 그는 여느 때처럼 상인들을 만났고 신중하게 물건을 골랐다. 그리고 벨트며 밸브며 렌치와 실린더와 펌프 같은 것을 한 아름 들고 기차로 돌아와 제 감방으로 들어갔다.

그는 다음 정거장에서는 새 오일과 배터리와 전선을 샀다. 우리는 곧 알게 되었다. 남자는 새 엔진을 만들 생각이다. 지프에 새 심장이 필요한 것이다. 모래를 박차고 빠져나올 만큼 기운 센 것으로. 그제야 우리는 처음부터 사내가 이럴 생각으로 기차에 탔다는 것을 알았다. 그의 친구, 그의 집, 그의 고향인 지프를 살려내려면, 그리고 다시 그 자리로 돌아가려면 그는 이 기차를 타고 하루 동안 행성을 한 바퀴 돌아야 했다. 이 행성에서 달리는 탈것은 지금 이 기차밖에 없었으므로.

이제 우리는 그의 목적을 알았지만, 여전히 이해할 수는 없었다. 어차피 그의 목적이 행성을 도는 것이라면, 왜 이처럼 편안하고 안전한 기차에 머물지 않고 굳이 그의 초라한 지프로 돌아가려 한단 말인가?

지프는 죽었을 것이다. ……그렇지 않은가? 사람의 손을 타지 않는 기계는 순식간에 죽는다. 짐승 떼가 밟고 지나가거나 모래폭풍이 덮어버리지 않았다 해도, 끓는 태양이 차거죽을 조각조각 말라 부숴 놓았을 것이다. 모래먼지가 들어와 혈관을 막고 실린더 틈새를 가득 채웠을 것이고, 엔진오일이며 냉각수는 벌써 다 말라 버렸을 것이다. 작은 짐승들이 벌레처럼 모여들어 시트에 구멍을 뚫고 알을 낳거나 새끼를 기르고 있을 것이다. 그런데 그는 벌써 죽었을 동료의 시체에 심장 수술을 하러 돌아가겠다는 것이다. 되살린다 해도 언제 죽을지 모를 노쇠한 동료를 위해서.

우리는 때때로 그의 방에 쳐들어가(굳이 그럴 필요도 없으면서) 한쪽에서는 그를 밟고 다른 쪽에서는 그가 만든 엔진을 헤집었다. 안에서 폭탄도 비밀단체의 쪽지도 발견되지 않으면 어디에 숨겼느냐며 그를 다그쳤다.

그는 거의 아무 말도 하지 않았다. 어쩌면 할 말이 없었을지도 모른다. 우리가 철새나 줄무늬큰뿔소 한 마리를 잡아와 다그치며 무슨 목적으로 그렇게 쏘다니느냐고 물어도 그들은 할 말이 없었을 것이다. 한바탕 심문이 끝나면 우리는 늘 그의 엔진을 반쯤 부수어 놓았다. 그러고 나면 그는 며칠은 잔해 앞에 고개를 숙이고 앉아 움직이지 않았다. 다음 정류장에서 그는 다시 부품을 샀고 다시 엔진을 만들었다.

그가 우리를 해칠 마음만 먹었다면, 선로에 돌덩이 같

은 것을 올려놓거나 열을 가해 약간 휘게 만드는 것만으로
도 간단히 기차를 전복시킬 수 있었을 것이다. 기차 바깥에
사는 누구나 마음만 먹었으면 그렇게 할 수 있었다. 누구
도 우리를 해치려 들지 않았기에, 세상 전체가 용인했기에
우리가 생존해왔건만, 거기까지는 생각이 미치지 않았다.

　어쩌면 우리는 그 사람이 미지의 음모를 꾸미고 있다는
생각에 너무 몰입한 나머지, 실제로 그 사람이 그런 사람이
아니라면 어떻게 되어 버릴 것 같았는지도 모르겠다. 우리
는 내내 그 확신에 대한 증거를 찾아 헤맸다. 우리 자신이
행한 학대에 대한 이유 역시 찾아내야 했다. 그러지 않으
면 모든 것이 잘못되고야 말 것이라는 기분에 사로잡혔다.

6

　만 하루가 가까워지자 기차는 그 사람을 태웠던 자리에
접근해 갔다. 선로는 하나였기에 다른 길로 돌아갈 수도
없었다. 정찰대인 선두 차량에서 지프를 발견했다는 연락
을 해 왔다. 우리는 한층 더 포악해졌다. 두 괴물이 조우하
여 정체불명의 사태를 일으키기 전에 해결을 보아야 했다.
　그 사람이 무력하게 얻어맞는 동안 나는 그가 완성해 놓
은 엔진을 향해 걸어갔다. 잘 만든 심장이었다. 차에 끼우
기만 하면 몇 주는 펄펄 날 것 같았다.
　나는 엔진에 발을 올려놓았다. 남은 정거장은 없고 남자
는 이제 엔진을 만들 시간이 없다. 어쩌면 돈도 더 남아 있
지 않을 것이다. 지금 이 엔진을 부수면 남자는 꼼짝없이

하루를 더 기차에 남아야 한다. 그러면 다 끝난다. 지프가 경이로운 인내로 끓는 태양과 얼음 같은 밤을 하루는 견뎠을지 몰라도 다음 하루는 견디지 못할 것이다. 그러고 나면 우리처럼 땅에 발을 붙이고 살 수 없는 이 남자에게 달리 무슨 선택의 여지가 남겠는가? 이 사람은 죽거나 기차에서 살거나 어느 한쪽을 택해야 할 것이다. 어느 쪽도 즐겁게 고르지 못할 것이다. 그러면 어긋난 세상의 톱니 하나가 사라지거나 원래 있었어야 할 자리로 들어올 것이고 우주의 질서는 바로잡힐 것이다.

나는 내 발길질 한 번에 우주의 운명 하나쯤은 부수고도 남을 도취감에 빠져 그를 바라보았다. 얻어맞던 그가 나를 바라보았다. 나는 이제야말로 그의 눈에서 우리가 찾아 헤매던 어떤 비인간성의 증거, 숨겨왔던 증오의 발톱을 드러내리라고 믿어 의심치 않았다. 그것을 발견하자마자 나는 그의 우주를 부수고, 남은 것이 없는 그의 운명을 마음대로 할 생각이었다.

하지만 그는 그러지 않았다.

"○○."

대신 내 이름을 불렀다.

나는 그 사람이 내 이름을 알리라고는 생각도 해 본 적이 없었다. 어디에서 들었을까. 혹여 기차에 타기 전의 나를 알고 있었을까. 내가 어려 기억하지 못했을 뿐 같은 마을에 살기라도 했을까.

　나는 오랫동안 이름으로 불린 적이 없었다. 우리는 오랫동안 서로를 이름으로 부르지 않았다. 우리는 차량번호나 번호표였고, 승무원이나 정비사나 요리사였다. 내가 아직 어린아이였을 때에는 이름으로 불렸다. 한 해 전에만 해도 나는 아직 어렸고, 독립된 사람이었고 기차에 녹아들지 않았었다. 그때 나는 정거장에서 그를 바라보며 그 사람에게 말을 거는 상상을 했었다. 인간과 인간으로서 마주하는 상상을 했다.

　그는 차마 고개조차 들지 못한 채, 질책과 애원이 동시에 섞인 목소리로, 무엇을 어찌할 수도 없다는 무력감이 섞인 목소리로, 그 한 마디에 인간에 대해 마지막 남은 모든 신뢰를 담은 채로 내게 말했다.

　"그만둬."

7

사람이 이해할 수 없는 대상에 대한 공포에 사로잡혀 있을 때는 좋은 판단을 하기가 쉽지 않다. 공포에 사로잡혀 있지 않을 때도 쉬운 일은 아니다. 변명할 마음도 자책할 마음도 없다. 당신도 이 안에서 살아간다면 나만큼도 쉽지 않을 것이다. 통상 우리에게 반대의견은 없고 누군가가 생각을 하면 그 생각은 전체의 생각이 된다. 그래서 그때 내가 한 판단은 우리 모두의 판단이 되었다.

삶은 계속 이어졌다. 고단했지만 익숙했다.

새들은 삶의 일부가 된 비행을 계속했다. 줄무늬큰뿔소는 지도자의 인도를 따라 들판을 달렸다. 태양은 뜨는 일이 없었다. 우리는 늘 새벽에 머물러 있었다. 행성은 변해 가고 식물과 동물은 새 환경에 맞춰 진화해 갔지만 우리는 정지한 시간 속에 머물렀다.

우리는 때로, 그 자신이 만들어 낸 길 한가운데 멈춰 서 있는 지프를 지나쳐갔다. 그러면 지프는 잠이 깨어 시동을 걸었다. 그 녀석은 이제 생물에 필적한 뭔가를 갖고 있다. 주인이 굳이 핸들을 틀지 않아도 길을 고르고, 위험을 감지하거나 길에 튀어나온 자갈 따위를 피할 줄도 안다. 그리고 때로는 멈춰 서서 우리가 치익치익 숨을 내쉬며 선로를 달리는 것을 바라본다. 호의도 적의도 없이. 지난 시대의 유물 같은 낡은 생물을. 그의 시간선에 남은 유일한 동반자를.

<hr>

이 작품은 장 마르크 로세트 & 자크로브의 『설국열차』, 듀나의 「태평양 횡단 특급」(태평양 횡단 특급), 호시노 유키노부의 「불타는 사나이」(스타더스트 메모리즈), 제프리 A. 랜디스의 「태양 아래 걷다」(저 반짝이는 별들로부터), 로저 젤라즈니의 「황야의 질주」(드림 마스터) 모두의 영향을 받았음을 밝힌다. 생텍쥐페리의 『어린 왕자』의 이 장면까지 포함해서.

"아저씨 별은 작으니까 세 발짝만 움직이면 한 바퀴를 돌 수 있잖아요. 그러니까 언제든지 해를 볼 수 있게 천천히 걷기만 하면 돼요."

"그건 내게 별로 도움이 안 돼. 내가 정말 하고 싶은 것은 잠을 자는 것이니까."

그 하나의 생에 대하여

N

좋아, 눈앞에 내가 있군.

거울에 비친 것도 아닌 것 같은데, 내가 나를 이런 각도에서 볼 수는 없을 텐데. 이상한 일이군……. 아, 뭔지 알겠어. 유체이탈이라는 거지. 잘 때 가끔 일어나는 일이지.

엎드려 있고 풀밭에 얼굴을 묻고 있군. 저렇게 땅에 코를 푹 박고 있으면 숨을 쉴 수 없을 텐데. 누가 뒤집어주면 좋겠는데. 아니, 그러긴 힘들겠군. 등에 화살이 꽂혀 있어. 누가 저걸 뽑아줘야겠는데. 하지만 함부로 뽑았다간 대출혈이 일어날 거야……. 아니, 대출혈은 벌써 일어났군. 피가 1리터는 빠졌겠는데. 과다 출혈로 사망하겠네. 지혈을 해야 해. 아니, 틀렸군. 화살이 심장을 뚫었잖아.

'죽었군.'

나는 쏟아지는 지식에 위화감을 느끼며 주위를 보았다. 숲은 무지갯빛으로 반짝였다. 색은 강렬했고 모든 사물이 아지랑이처럼 흔들리거나 아이의 살처럼 부드러워 보였다. 자작나무와 전나무, 들풀과 낙엽에서 반짝이는 은빛 실이 거미줄처럼 사방으로 뻗어 나가고 있다. 그들 모두가 실로 이어져 있었고 내 몸과도 그러했다.

그래, 죽었다. 그런데 이제 뭘 해야 하지?

나는 어디 '저승 가는 길'이라고 쓴 팻말이라도 없는지, '환영합니다. 지옥에 오실 분은 이쪽.' 같은 입간판을 든 안내인이라도 서 있지 않은지 두리번두리번했다. 그러다 바위에 앉은 사내와 눈이 마주쳤다. 은빛으로 빛나는 옷을 걸치고 혼자 실뜨기 놀이를 하고 있었다.

'저승사자인가.'

그런데 실뜨기 놀이를 어떻게 혼자 하지, 생각하는 찰나 그의 등에서 손 두 개가 불쑥 튀어나와 놀이를 이어갔다. 나는 당황했지만 이내 진정했다. 하긴, 저승사자가 정말 어떻게 생겼는지 본 사람은 없을 테니까. 팔이 네 개일 수도 있지.

"일찍 끝내셨네요."

사자가 입을 열었다.

"좀 더 오래 사실 줄 알았더니."

듣는 순간 기억이 몰아쳐 왔다. 전부는 아니었지만, 상황을 이해할 만큼은 되었다. 나는 다시 내 시체를 내려다보았다. 갓 열넷을 넘겼을까 한 앳된 소년병이다. 가난한 살림에 군역을 못 낸 장손인 형을 대신해 끌려온 지 이틀째였다. 삶에 채 익숙해지지도 않은 나이였다.

"충분했어."

나는 탄재에게, 아니, 탄재의 모습으로 강림한 명계 전체에게 답했다.

"좀 이런 거 저런 거 해 보시고 끝내실 줄 알았어요. 기왕에 시간 역행 전생을 하셨으니 패왕이 되어본다든가, 나라를 새로 세운다든가."

"충분했다."

그때 어디선가 기묘한 소리가 들렸다. 소리가 울리는 방에서 스피커로(……이런 지식이 떠오를 때마다 위화감이 들기는 했지만) 출력을 높여 내는 듯한 소리였다. 지금 내가 고막을 통하지 않고 듣고 있다는 생각이 퍼뜩 들었다. 지금 나는 고래가 듣는 초저주파에서부터 박쥐가 듣는 초음파까지 들을 수 있다. 아이 울음소리였다. 내 시체가 움찔움찔 움직였다. 진흙투성이의 어린 여자아이가 눈물범벅이 되어 바닥을 긁으며 내 시체 밑에서 기어 나왔다. 아이는 사방에 널린 시체를 보며 엄마를 찾으며 울다가 절뚝거리며 걸어갔다.

"애 하나 구하는 걸로요?"

"의미가 있는 일이지."

"의미가 있죠. 누구의 삶이든 세상 전체를 바꾸니까요. 그게 꼭 자기 삶이 아니더라도요."

탄재는 실뜨기가 잘 안 되는지 등에서 팔 세 개를 더 만들어내었다. 팔 하나로는 머리를 긁적이고 다른 하나로는 엉덩이를 긁고 팔 다섯 개로는 실을 요리조리 집어보며 모양을 만들었다. 실은 정교한 우주선 형태를 하고 있었다. 지상의 생물이었을 때라면 실이 어디서 어떻게 꼬이면 저런 모양이 나오는지 가늠할 수 없었겠지만.

"혼자 놀기의 진수를 익히고 있죠."

내 눈길에 변명하듯 답한 탄재는 무슨 이야기를 하고 있었더라, 아, 하고 혼잣말을 한 뒤 말을 이었다.

"……하지만 저 애의 삶은 그 이상이죠. 그 의미를 다 아는 사람은 나반뿐이고요. 적어도 나반을 합일해서 그 지식을 받기 전까진 황천(黃泉)도 모르겠지요."

황천, 나는 그 이름을 생각했다. 낯선 이름이었다. 명계 전체가 합일하면서 하계와 아만, 나, 탄재를 제외한 나머지를 합한 이름을 새로 만들었을지도 모르지만, 아니면…….

"모든 시대에서 아만을 제거한 건 나였으니까."

나는 탄재에게 걸어가 실뜨기로 만든 우주선의 엔진 끝을 집어 들었다. 그 지점에서부터 실이 슬슬 풀려나왔다. 다 들어 올리자 우주선은 거짓말처럼 한 줄의 선이 되었다.

"어디에 힘이 모이는지 알아."

이날 산 중턱에서 화살을 쏜 사람 역시 나였다. 아만을 전부 제거해 회수하기 위해 하계에 쏟아져 내린 내 전생의 조각들 중 하나였다. 나는 겁에 질려 있었고 내내 엄마를 찾았지만 훈련받은 대로 활은 쏘았다. 화살은 바람을 타고 날아가 엄마의 손을 꼭 잡고 피난 중이던 아만의 몸을 맞췄었다. 그 바람 또한 나였다. 아만의 엄마가 발에 걸려 넘어진 나뭇가지 또한 나였다. 전쟁을 지휘한 장군과 엄마와 아이를 등 떠밀어 이 산에 오게 한 동네 늙은이 또한 나였다. 그러기에 나는 어느 지점에 끼어들어야 아만을 살릴 수 있는지 아는 유일한 사람이었고, 지금 아만이 죽지 않았으면 바뀌었을 역사를 아는 유일한 사람이기도 했다.

지금 나는 '나들' 사이에 끼어 적절한 지점에서 방해했다. 내 이번 생 전체가 그것만을 위한 것이었다.

"상호작용하는 변수가 한둘이 아닐 텐데 용케도 찾아내셨네요. 삶과 삶이 작용하는 방식은 삼체문제를 아득히 넘어서죠. 복잡계 계산을 넘어서고요."

"괜찮은 지점은 많아. 여기가 그중 하나일 뿐이지. 내가 바라는 결과를 만드는 건 거의 불가능하지만 바라지 않는 결과를 피하려면 식은 복잡하지 않아."

내가 지운 역사에서 이 아이는 홀로 전쟁터를 빠져나가

산중에 자리한 도적떼 막사에 들어간다. 전쟁과 나라를 피해 도망친 농민들이 모여 만든 곳이었고 순박하고 낭만적인 질서가 있었다. 아만은 거기서 도술과 학문을 익혔고 나이가 든 뒤 그들을 이끄는 수장이 되었다. 그녀는 민란을 일으켜 왕을 몰아내고 그 자리에 앉았다. 그녀가 패왕으로서 대제국을 건설하고 천수를 누리고 죽은 뒤, 아시아 전역에서 유럽까지 오리엔탈리즘을 포함해 여왕 중심의 군주정과 남녀동수의 정치구조가 퍼졌다. 역사 전반에 여성왕조가 생겨나며, 현대의 민주정과 다소 차이는 있을지언정 제법 발전된 형태의 시민정이 일찍부터 세계 전체에 자리 잡게 된다. 내가 이 아만을 삭제했을 때 그 역사는 사라졌고 그녀의 삶은 민담과 전설에 희미한 흔적만 남겼다.

나는 역사에 족적을 남긴 다른 아만도 모두 삭제해 회수했고 그들의 삶은 신화의 영역으로 사라졌다. 아만이 분열을 많이 한 후기 역사에서는 더 거칠게 일을 꾸몄다. 중세 어느 때에는 되지도 않는 마녀사냥을 벌였고 근현대에는 태아 감별을 써먹었다. 내가 작업을 다 끝내고 나니 고대 민주정은 그리스 도시국가에 협소하게만 남았고 대부분의 왕조에서 민란과 시민운동은 무자비하게 진압되었으며 여성은 모든 사회정치구조에서 배제되었다. 당시에 나는 그 결과에 죄책감을 느끼지 않았다.

"알 것 같네요. 역사는 가변적이죠. 단지 변할 때마다 세계 전체의 기억이 같이 변해버려서 변했다는 사실 자체를 아무도 모르는 거예요. 시간 역행을 한 본인 외에는 말이죠. 꼭 어드벤처 게임에서 게임 속 캐릭터는 하나의 경로만 기억하지만, 플레이어는 멀티 분기를 다 기억하는…….”

내가 물끄러미 보자 탄재는 우물거리며 ‘게임도 안 해보셨나.’ 하며 주섬주섬 팔을 접어 집어넣었다. 하나만 남기고 다 넣었다가 어이쿠 하며 하나를 더 쑥 뽑아내기도 했다. 그제야 나는 눈치를 챘다.

“어떻게 분리되었지?”

탄재는 눈을 깜박였다. 탄재의 눈빛은 내게 익숙한 것보다는 조금 더 지혜로웠고 내가 마지막으로 만났을 때보다는 조금 더 인간적이었다.

“선생님에게서라면, 제가 태어났을 때 분리되었죠. 하지만 그런 의미로 묻는 것 같지는 않네요. 아무래도 제가 누군가와 합일을 했던 모양이로군요. 제 기억에는 없지만요. 전 태어난 이래 쭉 저였어요. 물론 제자를 키우느라 좀 분열하기는 했지만.”

탄재는 손가락을 입을 물고 생각에 잠겼다. 그의 몸 어디에도 세상과 이어진 끈은 보이지 않았다. 지금 내 눈이 그리 밝은 편은 아니라지만.

“아만은?”

“여전하시죠. 다른 선생님들과 사이도 안 좋고요. 황천 선생님과는 특히 그래요. 그래도 다들 서로 영역을 침범하지 않으려고 애쓰고는 있어요. ……어느 부분을 듣고 싶으신지 모르겠네요. 여전히 분리된 하나하나의 인격이 하나의 우주라고 믿으시죠. 하계를 명계보다 더 소중히 생각하시고요. 갓 태어난 아이들에겐 인기가 있는 사조예요. 에, 지금 우시는 건 아니죠?"

마음에 찬찬히 기억이 떠올랐다. 지금 막 생겨난 기억이었다. 천수를 누리고 죽어 저승에 온 위대한 패왕은 미래의 내가 자신을 살해하려 했다는 것을, 그리고 이를 그보다 더 미래에서 온 개체가 구해냈다는 것을 단번에 알아차렸다. 아만은 아직 영문을 모르고 신전에서 뒹굴거리고 놀던 과거의 나반을 찾아가 논쟁과 설득의 전쟁을 시작했다. 몸의 일부까지 교환하는 결투도 몇 번 벌였다. 결투가 끝난 뒤 나반은 어떤 일이 있어도 아만을 제거할 생각을 하지 않을 것이며, 그런 일에 협조하지도 않겠다는 약속을 했다.

"아무래도 선생님이 하계에 내려온 이유가 제가 기억하는 것과 선생님이 기억하는 게 다른 것 같네요."

"그렇겠지."

사라진 역사 쪽에도 정의는 있었을 것이다. 지금 생겨난 역사에도 불의는 있을 것이고. 그 부분은 다시 온전히 내 책임일 것이다. 타락하지 않았을 무렵의 나라면 택하지 않을 길이겠지만, 마찬가지로 내게 타락이 없었더라면 애초에 아만을 제거할 생각을 하지 않았을 것이다. 지금 나는 타락했으니 적어도 나로 인한 타인의 죽음을 되돌리기를 원한다. 그것이 어떤 결과를 가져오더라도.

"그래도 이게 원래 세상이었던 거죠?"

"원래 세상이라는 것은 없어."

내가 답했다.

단 하나의 삶과 그 삶으로 매양 모습을 바꾸는 우주가 있을 뿐이다.

N+1

아만은 내게 오래된 건물에 가보라고 했다. 나라면 어디든 갈 수 있을 테니까.

그는 오래된 물건에는 신이 깃들어 있다고 했다. 내가 진정 나와 같은 것을 찾기를 원한다면 생물이 아니라 무생물에서 찾아보라 했다. 돌이나 바위에 말을 걸어보라고 했다. 파괴에 눈이 멀었던 인간의 시대를 거치고 살아남은 이들, 천 년을 살고 만 년을 산 이들에게는 지성이 깃들어 있으니 전심으로 말을 걸면 답을 해 준다고 했다. 정 내가 그리 외롭다면 그 방향으로 친구를 찾아보라고 했다. 그는 그러면서 문무대왕릉이나 경복궁, 석굴암이나 무영탑, 거북선 같은 것의 전설을 말해주곤 했다.

아만이 이런 이야기를 근엄한 얼굴로 할 때엔 입가가 실룩거리는 것을 참을 수가 없다. 얘기가 롯데월드타워까지 갔을 땐 하마터면 폭소를 터트릴 뻔했다. 하지만 나는 꾹 참고 평정심을 유지했다. 형편없는 헛소리인데도 그의 이야기에는 신성한 구석이 있었다. 신성함은 진실에서가 아니라 기록에 살을 덧붙이고 양념을 친 이야기꾼의 필력에 있었다. 세대에서 세대로 이어지는 공동창작이나 다름없는 그 민담에는 적당한 교훈과 아이러니, 반전과 감동이 적절히 심겨 있었다. 슬슬 나는 내가 혼자 세계의 진실을 알고 있는 것인지, 아니면 혼자만의 망상에 빠진 것인지 헷갈리는 편이다. 검증해 줄 사람도 기록도 없는 지식이 민담과 다를 게 뭐란 말인가? 해서 나는 아만의 오류를 교정해주는 대신 길을 나섰다.

서울 거리는 붉은 요르문간드 덩굴나무로 덮여 있다. 덩굴은 콘크리트를 뚫고 고층빌딩을 지지대 삼아 자라나 옥상까지 올라간다. 덩굴이 조여들어 종잇장처럼 찌그러진 빌딩 안에는 아직 사람들이 살고 있다. 이제 유일하게 사람의 편인 생물이라 할 법한 '로봇'들이 밤마다 불침번을 서며 건물 주위를 돌아다닌다. 요르문간드는 오존과 암모니아를 양분 삼아 자라고 꽃에서 독성물질을 내뿜는다. 인간이 현재까지 만든 모든 종류의 맹독성 화학물질에 면역이 있다. 도로에는 네 발로 걷고 등까지의 높이가 수백 미터에 이르

는 대왕이미르뿔소가 입에서 악취 섞인 노란 증기를 내뿜
으며 걸어 다닌다. 그들이 걸을 때마다 건물이 흔들리고 아
스팔트가 잘그락잘그락 부서진다. 도로는 대왕이미르뿔소
의 발에 밟혀 다 부서진 지 오래라, 사륜구동차나 오토바이
만 겨우 다니는 편이다. 요즘에는 산에서 회색 펜릴늑대를
잡아다 타고 다니는 사람들도 눈에 띈다.

　사람들은 세상이 종말을 맞이했다고 한다. 나는 동의하
지 않는다. 종말을 맞은 것은 사람들뿐이다. 사람들은 신
들이 세상을 버렸다고 한다. 나는 동의하지 않는다. 신들의
관심이 우리에게서 새로운 생물들로 넘어갔을 뿐이다. 신
종들은 하나같이 공해와 병균에 강하다. 산소가 적고 오존
과 암모니아가 가득한 환경에서 걷잡을 수 없이 번식한다.
그들은 플라스틱 더미에서 자라나 인간의 손이 닿지 않는
바다를 먼저 집어삼켰고 몇 번의 재해가 인간의 도시를 밟
아 부순 뒤에는 기다렸다는 듯이 지상으로 기어 나왔다. 사
람들은 한동안은 그들을 박멸하는 방법을 연구했지만, 살
충제든 독가스든 한 번 쓰고 나면 다음 세대는 그 약에 대
한 면역을 갖고 다시 거침없이 번식했다.

　나는 손칼 하나와 바구니 하나만 들고 사냥을 핑계 삼아
밤거리를 쏘다닌다. 무너진 건물 지하를 탐사하고 하수구
에 있는 짐승의 둥지를 뒤진다. 먹을 만한 놈이 있으면 사
냥하고 신종을 발견하면 수집해 집에 가져와 연구한다. 혹

시나 있을 위험성을 미리 살피기 위해서라고 변명하고는 있지만, 이유를 정말로 이해하는 사람은 아만뿐이다. 내가 나와 비슷한 생물을 찾고 있다는 걸. 자연이 나 같은 생물을 만들었다면, 하나쯤 더 만들 수도 있지 않을까 하고. 나는 때로 이 세상에 사는 다른 사람들은 모두 하나의 인격체고, 나만 외따로 떨어진 다른 생물이라는 생각에 빠지곤 한다.

"어릴 때엔 다들 그런 생각을 하지." 아만은 말했다.

"나는 어리지 않아." 나는 항변했다.

"하지만 어른이 되어 본 적도 없지."

그러면서 아만은 아이에게 하듯 내 머리를 어루만졌다. 아만의 손은 쭈글쭈글하고 가느다랬다. 최근에는 눈도 멀었고 이제 귀도 잘 들리지 않는다. 밤이면 몸이 뒤흔들리도록 기침을 하고 탁한 가래를 뱉는다. 아만의 수명은 곧 다할 것이다. 내가 사랑한 다른 모든 아만들처럼.

그는 나와 결혼한 여섯 번째 남자였고 태어났을 때 내가 아만이라는 이름을 붙여 준 열일곱 번째 아이였다. 따지고 보면 그는 내 자손 중 하나지만 근친의 터부는 사라진 지 오래다. 아이를 낳을 수 있는 여자는 귀하고 늙지 않는 여자는 더 말할 것도 없다. 한때는 나를 실험실에 가둬놓고 세포 단위로 분해해 가며 영생의 비밀을 캐내려는 이들도 있었지만 이제 그들도 역사 저편으로 사라졌다. 이젠 하고 싶어도 내 몸을 분석할 만한 기술이 세상에 남아있지 않다.

사람들은 이제 내 영생의 비밀을 캐기보다는 내 생명 자체를 귀하게 여긴다. 신화의 시대를 사는 사람들은 과학의 시대를 살았던 사람들보다 미지의 존재를 쉽게 받아들인다.

문무대왕릉이나 석굴암에 가볼까 하다 아이러니가 마음에 들어 롯데월드타워로 향했다. 수족관이 터져 잠긴 지하에서 내가 세 종류의 버섯과 다섯 종류의 신종 물고기를 찾아낸 곳이기도 했다.

아만의 말이 맞을지도 모른다. 결국 내 시대부터 살아온 것은 무생물밖에 없다. 죽지 않는 생물이란 무생물에 가까운 것일지도 모른다. 나는 요르문간드에 뒤덮인 건물을 돌며 적당한 자리를 잡아 앉았다. 곰팡이와 쳇내가 나는 축축한 벽에 기대앉아 반쯤은 장난삼아 대화를 시도했다. 그러다 진지해졌다. 내겐 영원의 시간이 있으니 한번 영원히 시도해볼까 싶었다. 아만을 계속 잃는 것도 슬슬 지쳐가고 있었다. 저승에서 다시 만나리라는 희망조차 품지 못하는 것에도 슬슬 지쳐가고 있었다. 나는 답을 원했다. 내 존재의 근원과 의미와, 삶을 유지하는 이유에 대해서.

굶주림이 나를 죽이지 못하는 것은 삼백 년쯤 전에 토굴에 갇혔을 때 실험했다. 단지 굶주림이 있을 뿐이다. 나는 여전히 그 원리를 알지 못한다. 식물이 광합성을 하듯 빛이나 공기나 습기를 변환시켜 질소로 고정하는 인자가 몸 어디에 있으려니 생각은 하지만.

그렇게 며칠이 지났을까, 화답이 왔다. 하지만 건물로부터는 아니었다.

　그들은 유령들처럼 보였다. 안개에 휩싸여 있었고 흐물흐물했고 저편이 비쳐 보였다. 사람처럼 머리가 크고 사지가 있고 이족보행을 하는 형태였지만 확실치는 않았다. 처음에는 배가 고파 헛것을 보나 생각했다. 헛것이라기에는 존재감이 너무 무거웠다. 주변에 환각을 일으키는 독버섯이나 풀이끼라도 있는 게 아닐까 의심했다. 만약 환각이 아니라면 저것들은 인간의 가시권역 바깥의 파장을 내는 것이다. 그런 종류의 생물이 생겨났을 가능성도 있기는 했다.
　- 기다리고 있었다. 나반.
　마음속에서 목소리가 울렸다. 이상한 이름으로 부르긴 했지만, 인간의 언어였고 내가 쓰는 언어였다.
　'기다렸다고?'
　지성을 가진 생물체가 생겨나는 것 자체는 놀랄 일이 아니었다. 언젠가는 그런 것도 나오리라 생각했으니까. 하지만 내가 아는 언어를 쓴다는 점에서는 경계심이 솟았다. 지성을 가진 종자라 한들 언어체계가 같을까. 언어체계가 다르다 한들 다른 종자의 언어를 굳이 탐구할까. 나는 다시금 환각을 의심했다. 내 마음속의 의문을 엿보았는지 답이 돌아왔다.

- 네가 동료를 찾는 마음이 충분히 무르익을 때까지.

나는 본능적으로 허리춤에서 손칼을 뽑아 들었다. 이 몸의 성장이 15세 즈음에 멈춰 있다 해도 신체능력까지 그런 것은 아니었다. 물론 내 기이한 몸이 근육량의 변화마저도 복구해버린다면 단련은 의미가 없겠지만, 내 뇌가 지식을 누적하듯이 몸 또한 운동량을 학습으로 받아들여 누적시킨다. 덕분에 나는 본의 아니게 수십만 시간의 운동과 훈련을 한 몸을 갖고 있다. 결국 기본 체형에 따른 힘의 한계는 있다 해도.

그는 마치 내가 나조차 모르는 시험을 받고 있었고, 그 시험을 통과했다는 듯이 말했다. 말을 듣는 순간 내 인생이 보상받는 기분이 들었고, 뿌듯함과 자부심을 느꼈다. 내가 중요하고도 대단한 인물이란 기분에 휩싸였다. 상대의 정체도 모르고 믿을 이유가 없는 시점에서 위험한 신호였다.

- 우리가 바로 네가 찾아 헤매던 것이다. 나반.

하얀 유령들이 내게 일제히 손을 내밀었다. 나는 일어나 한 손을 뒤로 해 등 뒤의 벽을 더듬어 확인한 뒤 손칼을 수평으로 들어 얼굴 앞에 대고 방어 자세를 취했다.

"찾는 줄을 알았다면 왜 먼저 오지 않았는데?"

- 대화는 의미가 없다. 우리 손을 잡아라. 이해할 수 있을 테니까.

일단 부딪쳐서 적의 역량을 시험해 볼 수는 있겠지만 일단 숫자가 많았고 실패했을 때의 위험을 감당할 수 없었다. 내가 회복이 빠르고 늙지 않을지언정 직접적인 상해에까지 면역이 있는 것은 아니었다. 나는 슬슬 옆으로 몸을 빼다가 빈틈을 잡아 달렸다. 유령이 땅에서 솟구쳐 나와 내 앞을 막아섰다. 돌아섰을 때엔 사방이 둘러싸여 있었다. 땅속을 이동하는 물리적 실체라니. 상식으로는 납득이 가지 않았다. 대처할 길이 없다는 생각이 든 나는 기다렸다. 앞에 선 자가 손을 내밀었다.

'원하는 게 그것뿐인가.'

내가 반응하지 않자 뒤에 서 있던 것의 다리가 길게 늘어났다. 문어발처럼 늘어난 다리는 내가 눈을 크게 뜨고 보는 사이에 내 두 발목을 휘감았다. 문어발은 강철 같았고 피부는 산이라도 내뿜는 것처럼 뜨거웠다. 문어발이 내 발목을 끊어낼 것처럼 조여들었다.

고통을 준다는 건 이 의식이 뭘 의미하든 간에 내 의지가 필요하다는 뜻이다. 조급하게 구는 것은 내 쪽보다 상대 쪽의 이득이 더 크다는 뜻이다. 나는 물었다.

"왜 나를 원하는데?"

─ 너는 우리 종족이다. 우리는 원래 하나였고 너는 떨어져 나간 조각이다. 우리가 완전해지고 나면…….

"어떻게 되는데?"

상대가 입을 다물었다. 어째 우물쭈물하는 것 같았다.

– 인간종은 그 수명을 다했다. 타락했으니 정화해 새로 태어나야 한다. 오래전에 그러했어야 했지만 네가 그들 속에 살고 있어 기다리고 있었다.

나는 한순간에 돌아섰다.

나는 칼을 휘둘러 내 옆에 있는 유령의 발을 찍었다. 칼끝으로 전해지는 감각이 물컹했다. 점성이 큰 밀가루반죽에 칼을 꽂은 기분이었다. 접착성분이 있는 것이 칼에 주욱 달라붙는 듯했다. 금속을 녹이는 성분도 있는 듯했다. 피는 나지 않았고 고통에 움찔하는 기색도 없었다.

아무리 진화가 빠르게 진행되고 있다 해도 지구에서 생겨나기에는 아득히 시간이 필요한 것이었다.

'외계인인가.'

싶었지만 나는 외계인이 정치인도 학자도 아니고 일반인과 소통을 시도할 가능성을 낮게 보는 편이었다. 아만은 쉽사리 이것을 귀신이나 요괴로 해석하겠지만, 문제는 내가 사후세계 따위를 믿지 않는 시대에서 태어나 그 방향으로는 사고가 흐르지 않는다는 점이다.

괜한 시도를 했다는 생각은 들었지만 돌이킬 수도 없었다. 다른 덩굴이 자라나 칼을 쥔 내 다른 팔을 붙들었다. 고통이 추가되었다. 앞에 있는 자가 다시 손을 내밀었다.

– 저항하지 마라, 나반. 우리는 너와 같은 생물이다. 이 손을 잡으면 다 이해할 것이다. 지혜가 너와 함께할 것이다.

어째서인지 모르지만 그의 말에 거짓은 없다는 생각이 들었다. 그리고 나는 내가 바랐던 것이 전혀 내가 바란 것이 아니었음을 알았다. 나는 나와 같은 생물이 얼마나 괴물 같은 종자일지 미리 알았어야 했다. 죽음도 늙음도 퇴락도 모르고, 오만하게도 자신이 평범한 인간과 다른 별종임을 확신하는 종자들이. 제가 무슨 대단한 신비를 갖고 있다고 감히 인간의 타락이니 멸망이니 따위를 입에 담는단 말인가. 나는 기다렸고 거의 모든 것을 감내할 준비를 했다.

"아이 씨, 안 되겠네."

상대가 갑자기 투덜거렸다.

"이 방법은 안 되겠네요."

"?"

나는 얼이 빠져 눈을 깜박였다. 미끈덕거리는 것이 툭 떨어져 나가는 바람에 나는 털썩 엉덩방아를 찧었다.

"됐어요. 인류 멸망은 그냥 하는 말이었어요. 그 정도로 개입하지는 않아요. 시간이 해결할 문제인데 뭘. 하도 안 오셔서 선생님 좀 설득해서 데리고 나올 생각이었죠. 완전 똥고집이네."

"??"

"솔직히 반칙도 이런 반칙이 없어요. 딱 인생 하나만 산다고 해놓고 영생의 몸을 만들어 내려가시는 게 말이 되느냐고요. 신화시대 이래로 이런 짓 한 적 없잖아요. 예전에는 뭐 그런 조악한 몸 안에서 스무 해 이상 사는 것도 힘들어 못 하겠다고 하시더니만. 아주 이대로 지구가 타 없어질 때까지 사시겠네."

"????"

나는 넋이 반쯤 나간 채로 상대를 보았다. 투덜거리는 상대의 모습이 빛 속에서 형상을 갖추었다. 은빛 실에 휘감겨 있었고 머리를 양 갈래로 땋아 묶고 손때가 덕지덕지한 작업복을 입은 떡대가 좋은 여자였다. 신이든 유령이든 저 승사자든 외계인이든 그 무엇과도 어울리지 않는 모습이었다. 하지만 조금 전 몸이 늘어난 걸 생각하면 이자는 모습을 자유자재로 바꿀 수 있는 듯했다.

"언제든 돌아오고 싶으면 생각만 하세요. 당장 날아올 테니까. 아셨죠?"

그는 그러고 홀연히 사라졌다. 다른 유령들도 같이 사라졌다. 나는 뒤에 덩그러니 남겨진 채 눈만 끔벅거렸다.

나는 1층에서 물풀버섯을 따고 수족관에서 황제이끼벌레 서너 마리를 사냥해 바구니에 지고 건물을 나왔다. 새벽녘이었다. 붉게 물든 도시 저 멀리 대왕이미르뿔소 떼가 뿌우하는 울음소리를 내며 느릿느릿 걷고 있었다. 속도는 빨라도 워낙 큰 생물이라 느리게 보인다. 건물을 휘감은 요르문간드가 태양 빛을 받아 핏줄처럼 붉게 빛났다.

나는 문득 이상한 생각을 했다. 어쩌면 내가 살아 있어 이 우주도 살아 있는 것이라고. 저 하늘 어딘가에 전지전능하지만 생명의 가치를 모르는 이들이 우리를 지켜보고 있다고. 생존의 위대함을 알지 못하고 삶의 투쟁을 하찮게 여기는 이들이, 한 사람의 인격의 신성함을 모르는 자들이. 단지 내가 알지 못하는 어떤 계약이 있어, 내 생이 유지되는 한 저들이 이 세계를 어쩌지 못하는 거라고…….

……아니면 말고.

그래도 어디, 사는 데까지 살아보는 것도 나쁘진 않겠다 싶었다. 나는 바구니를 고쳐 들고 아만이 기다리는 집으로 향했다.

N-1

　　나는 땅에 얼굴을 박고 있는 앳된 소년병인 내 시체를 바라보았다. 내가 죽은 것을 받아들인 나는 어디 '저승 가는 길'이라고 쓴 팻말이라도 없는지, '환영합니다. 지옥에 오실 분은 이쪽.' 같은 입간판을 든 안내인이라도 서 있지 않은지 두리번두리번했다.

　　내 눈에 바위 앞에 서 있는 사람이 눈에 들어왔다. 두건을 쓰고 검은 도포를 입은 사신이었다. 나는 그의 깨어진 동전과 같은 큼지막한 황금빛 눈과 도포 밖으로 빠져나온 고목처럼 비쩍 말라붙은 팔다리를 눈에 담았다.

　　'저승사자인가.'

　　생각하다가 숙취에서 깨어나듯이 다른 기억이 자라났다.

지금까지 육신이 억눌러두어 떠올리지 못했던 내 모든 삶에 새겨진 역사가 되돌아왔다. 죽음의 충격과 함께 사방으로 폭발하듯 흩어진 내 영체를 거둬들이니 생각은 더욱 분명해졌다. 이 정도까지 밀집하면 감이 좋은 인간의 눈에 띌 수도 있지만, 적외선과 자외선에도 미치지 않는 그들의 조악한 가시권역을 생각하면 그래 봤자다.

"도솔천."

나는 그의 이름을 부르고 입을 다물었다. 이자는 전체와 합일해 그 개체성을 잃지 않았던가. 도솔천이 존재한다면 어쨌든 역사는 자리를 틀었다는 뜻이다. 하지만 그래 보았자 나를 마중 나온 것이 도솔천이라면 나는 실패했다는 뜻이다.

아쉬운 일이었지만 나는 내가 택한 삶을 살았고 실패든 패배든 내 관점의 문제일 뿐이다.

"오래 기다리게 했군. 삶 하나를 살았으니 나는 되었다. 이제 나를 먹어라."

나는 도솔천에게 손을 내밀었다. 하지만 도솔천은 묵묵부답이었다. 눈빛은 어둡고 구슬펐다. 나는 이상한 점을 깨닫고 다가가 도솔천의 팔목을 쥐었다. 앙상했다. 눈에 보이는 이상으로 그러했다. 몸이 형편없이 줄어들어 있었다. 가진 영체를 다 끌어모아도 몸집을 두 배, 혹은 세 배쯤 키우는 것이 고작일까. 우주나 행성은 둘째 치고 소행성 단위도, 하다못해 산이나 개울 단위도 아니었다. 정녕 이것이 하계의 타락을 대비해 동료들이 몸을 모아 만든 도솔천인가.

"네가 이겼다, 나반."

도솔천이 쉰 목소리로 말했다.

"어떤 형태로?"

나는 새로 생겨난 세상의 기억을 다 떠올리지 못한 채로 물었다. 도솔천은 내가 정말 모르는 건가 아니면 놀리는 건가 가늠하는 눈빛으로 나를 보았다. 눈치를 채는 능력도 형편없이 줄어든 듯했다.

"아만의 분열체와 아만의 아이들이 내가 가둬놓았던 너를 납치해 네 몸에서 설득 없이 합일하는 인자를 떼어내 흡수했다. 그들은 우리가 아만을 역사에서 제거한 것을 '전체'에 대한 반역으로 규정했다. 자신들이 아니라 우리 전체를 타락으로 규정했다."

그러자 새 기억이 몸에 자리 잡기 시작했다. 분리가 진행된 나는 아이들이 내 몸을 뜯어가는 것을 막을 수가 없었다. 내 실패에 절망한 나머지 막을 생각도 들지 않았다.

"아이들이 네 방식을 훔쳐내어 일종의 해킹 프로그램으로 바꾸었다. 몸을 분리시키고 서로 결합하지 못하게 하는 해킹인자를 바이러스처럼 명계 전체에 뿌렸다. 명계에 병이 퍼졌고 절반이 넘는 이들이 분열하거나 합일할 수 없는 몸이 되었다. 선지자들과 선생들도 몸의 대부분을 잃었다. 그들이 하계에 환생하기 위해서는 아만의 중음에서 기계장치를 거쳐야 한다."

나는 입을 다물었다. 그렇다면 나는 이긴 셈이었다. 기뻐해야 하겠지만 그런 기분이 들지 않았다.

"탄재는?"

"저항했다. 방식은 이해할 수 없더군. 레이저포나 미사일 같은 것을 쏴 댔어. 로봇 부대 같은 것도 진격시켰고."

"……."

"결국 아만의 부대에 붙들렸고 여러 종류의 인격과 조각조각 결합하는 형태로 철저하게 해체되었다. 다시는 원형을 찾을 수 없도록."

"……."

"원래는 그 아이들을 돌보던 선생이었는데도 그런 선택을 했다. 이해하기는 어렵더군."

이해할 수 있었다. 탄재는 타락하지 않았으니까. 지금 내가 그러하듯이.

"아만의 아이들은 하계에 명계의 지식을 전파했다. 신들의 기술과 지혜를 전수했다. 하계의 기술과 지식은 눈부시게 성장했고 이제 도술과 마술의 영역을 넘본다. 단계를 넘어선 하계인들은 명계와도 소통하게 되었고 이제 사후세계의 존재를 안다. 하계인들은 이제 삶을 어떻게 살아야 하는지 안다. 모든 선지자의 지혜가 영적 채널을 통해 그들에게 전달된다. 모두 아만이 원한 대로다."

'아만이 원했다…….'라. 내가 아는 바, 최소한 과거에는 아니었다.

"네가 이겼다, 나반. 이제 명계의 주인은 아만이다. 아만은 명계에서 거대한 신전을 만들고 너를 맞이할 준비를 하고 있다. 나는 붙잡혀 해체되느니 네게 먹히기 위해 왔다. 나를 먹고 내가 살아온 삶과 기억과 지식을 받아들여 최소한 '나'를 남기게 해다오. 지금 네 몸 크기라면 네 정체성이 바뀌지는 않을 것이다."

도솔천은 이미 자신이 그답지 않음을 알지 못한다. 정체성에 집착하는 것은 오염의 징조였지만 깨닫지 못하는 듯했다.

나는 도솔천의 팔에서 손을 떼었다. 그제야 나는 내 몸의 크기를 가늠할 수 있었다. 거의 아만 제거작업을 시작하기 전까지의 나로 돌아와 있었다. '나반'이라는 이름을 갓 얻었을 때와 거의 같은 크기로. 나는 이제 내가 할 수 있고 누릴 수 있는 모든 것을 알 수 있었다. 나는 태초의 존재요 태초의 선지자며, 다시 무수한 아이들을 낳아 세상에 퍼트릴 수 있다. 명계와 하계가 이어졌다면 그 또한 새로운 배움의 시작이다. 나는 스승으로서 이승의 사람들이 고통받지 않도록 가르칠 것이다. 내 모든 전생의 삶을 전할 것이다.

나는 이 모든 상상을 마음껏 향유했다. 쾌락적이었다. 하지만 나는 쾌락에 휘둘리는 대신 자제했다.

"날 먹어다오."

도솔천이 애원했다.

"내가 그럴 생각이 없다면?"

도솔천은 나를 노려보았지만 이내 마음을 추슬렀다. 내가 어찌나 크고 도솔천이 어찌나 작은지, 마음 밑바닥까지 투명하게 들여다보였다.

"잔인하군. 이해는 가지만."

도솔천은 분노를 가라앉히고 자신이 내게 한 짓들을 곱씹었다. 응분의 대가라 여기는 듯했다. 그는 작아진 나머지 이제 잘잘못을 따지고 은원을 따진다.

"나를 먹지 않는다면 나는 가서 아만과 싸울 것이다. 내 입장에서 아만은 타락했다. 과거에는 아니었을지 모르겠으나 지금은 분명하다. 아만은 너무 커졌고 균형감을 상실했다. 지금 나는 작은 몸뚱이 하나뿐이지만 싸울 것이다. 그러기 위해 너와 먼저 대적하겠다. 이 싸움으로 내 정체성을 지킬 것이다. 나를 물리쳐 분해시키든 지옥에 격리시키든 하라."

나는 몸을 조금 축소시켰다. 내 손가락 끝에 중력이 자리 잡았고 세상 전체가 내 손끝에 모여들었다. 이론상 아마도 우주 저편까지 움찔거렸을 것이다. 명계 어딘가에서 기다리고 있는 아만도 눈치를 챘을 것이다. 도솔천은 결투 준비를 했지만 아이가 꼬물거리는 것만큼이나 하찮아 보였다.

나는 내 모든 가능성을 안다. 또한 내 모든 모순을 안다.

내가 나반이요 태초의 기억을 가진 자이기 때문이다. 세상에 무엇 하나 내가 아닌 것이 없는 줄을 알기 때문이다. 내 전체의 가치의 경중을 따질 수 없으며 단지 더 큰 자와 더 작은 자가 있는 줄을 알기 때문이다. 내가 타락이 세상에서 무엇을 배제하려 할 때 찾아오는 것임을 알기 때문이다. 지금 내가 타락하지 않았기 때문이다.

나는 입을 열었다.

"내가 도울 것이 있겠는가, 도솔천."

작가의
말

작가의 말

『저 이승의 선지자』는 원래 『7인의 집행관』을 쓴 다음 해에 잡았던 소설이다. 『7인의 집행관』을 쓸 때 저승을 배경으로 한 제7막의 세계관은 수십 번을 다시 짰는데, 그중 파기한 설정을 기반으로 저승을 무대로 한 이야기를 하나 만들 생각을 했다.

단지 당시에는 세계관에 명확한 그림은 없었고, 이승은 배움을 위한 학교며 저승에서는 고대 그리스 아테네처럼 여러 학파가 교육방식에 대한 논쟁을 벌인다는 설정만 있었다.

여름에 세계관을 짜며 만약 저승에 물리적인 '삶'이 있고 생태계가 돌아간다면 어떤 형태일지를 고민하다가 '불멸의 생물은 어떤 모습을 하고 있을까'에 생각이 미쳤다. 불멸한

다면 밥을 먹을 필요가 없고, 밥을 먹을 필요가 없다면 소
화기관도 배설기관도 없을 것이다. 아이를 낳을 필요가 없
다면 생식기관도 없을 것이고, 숨을 쉴 필요가 없다면 코나
입이나 폐도 없을 것이다. 그렇다면 그들은 아메바나 암세
포나 분자들처럼, 경계가 불분명하고 분열과 확장을 반복
하는 비정형의 생물이 되리라 생각했다. 그래서 저승과 이
승을 포함한 우주 전체가 가이아처럼 하나의 생물이라는 세
계관을 만들었다. 그 저승의 생물이 이승에 오면 어떻게 분
열된 개체가 되는가 생각하다가 분열과 합일의 논쟁이 벌
어지는 세계가 되었다.

2013년 웹진 '크로스로드' 마감이 있었던 겨울까지 나는
그 세계관을 명확히 확립하지 못했다. 나는 분리가 좋은지
합일이 좋은지 방향을 잡지 못했고, 마지막에는 초기 의도
와는 달리 분리가 나쁘다는 생각에 빠진 채 어정쩡한 결과
물을 내놓았는데, 그 헷갈림 자체가 내 세계관에 대한 이해
부족이었다는 생각을 이번에 한다.

그 후 오랫동안 이 작품을 잊고 있었는데, 이번에 다시 정
리하면서 최근에 쓰던 몇 작품이 벌써 다 잊어버렸던 이 작
품의 세계관을 정교화하는 작업이었다는 것을 깨닫고 혼자
웃었다. 덕분에 당시 방향을 잡지 못했던 많은 부분을 정리
했다. 이 작품은 온라인에 게재한 판본의 개정판이자 확장
판으로, 전체적인 사건의 흐름은 비슷하지만 해석이 많이

다른데, 나 자신이 변화한 결과로 생각한다.

「새벽기차」는 한창 『저 이승의 선지자』를 쓰던 중 '과학동아' 마감일이 다가와 잠시 집필을 중단하고 쓴 작품이다. 덕분에 자연스레 비슷한 생각이 담기게 되었다. 같은 세계는 아니지만 생각이 어울려 수록한다.

「그 하나의 생에 대하여」는 가벼운 외전이다. 외전을 쓸 생각을 했을 때 자연스레 평행세계들이 떠올랐다. 한 번 끝난 소설의 미래는 원래 이처럼 무한의 분기로 갈라지지 않겠는가. 나반은 수록한 것 이외에도 무수한 삶을 살고 있을 것이다.

중음

선지자가 자신의 몸으로 만든 구역. 보통은 별의 형태를 하고 있지만 크기와 모양은 선지자 마음대로다. 집 모양이나 구름의 형태일 때도 있다. 제자들은 자신의 스승의 중음에 모여 지난 생을 토의하고 계획을 짠 뒤 다시 내려간다. 특정 학파의 제자는 자기 스승의 중음에만 오기 때문에, 어린아이들은 자기 스승의 중음이 저승의 전체라고 생각하기도 한다.

합일

3차원의 시각에서 보면 두 개체가 합쳐져 하나가 되는 것이고, 4차원의 시각에서 보면 밀도분포가 달랐던 두 개체의 밀도를 균일하게 만드는 작업이다. 엔트로피의 증가로 볼 수 있다.

한 번 합일한 개체는 이후에 아무리 정교하게 분열해도 통상 본래와는 다른 것이 되기 때문에 합일을 인격의 종말로 보기도 한다.

분리

합일과 반대로 밀도를 불균형하게 하는 작업이다. 3차원의 시각에서는 각 개체 간에 이어져 있는 끈이 보이지 않기 때문에 둘로 분리된 것으로 보인다. 엄밀히 말하면 균일화와 불균형화지만, '해가 뜨고 진다'는 말이 사실은 아니지만 통상 쓰이듯이, 눈에 보이는 대로 단순히 합일과 분리라고 말한다.

서로 이어진 끈이 두껍고 경험의 차이가 작을 때는 본인 자신으로 보고, 경험의 차이가 커지면 좀 더 부피가 큰 쪽을 모체로, 작은 쪽을 아이로 본다. 이어진 끈이 거의 보이지 않게 되면 독립된 인격으로 본다. 사상적인 면에서, 스승과 생각이 조금이라도 대립하는 점이 생겨나면 새 개체가 태어난 것으로 보고, 완전히 대립하면 새 스승이 태어난 것으로 본다. 다시 말해, 실상 딱 부러지게 나뉘는 것은 없다. 딱 부러지게 나뉜다는 개념 자체가 타락한 개체만이 갖는 것이다.

독립된 개체는 교사가 될 자격을 비롯하여 자기 학파를 세울 선지자의 자격을 얻는다.

선지자

선지자는 자신의 몸뚱이를 일부 나누어주어 아이를 낳고, 그들의 생을 짜고 배움을 선도한다. 하위 단계에 선지자로 분류되지 않은 교사들이 있다. 최초의 우주에서 처음 분열한 2세대는 모두 선지자로 불린다. 3세대 중에서 아만처럼 스승과 완전히 사상적으로 분리하여 선지자가 된 이들이 있다.

이름

2세대들의 이름은 기원이 오래되었지만 3세대부터는 보통 추구하는 자신의 배움의 목적을 이름으로 삼는다. 탄재는 '태운 재'라는 뜻으로 과학을 뜻하고, '유희'는 놀이를, '연심'은 사랑하여 그리워하는 마음을, '재화'는 말 그대로 재물을 뜻한다. 기타 등등. 최초의 상태는 완전한 전체라 구분할 이유가 없어 이름이 없다.

성별

명계에서는 남녀를 비롯한 어떤 성적 지향의 구분도 없다. 애초에 생식활동을 하지 않기 때문이다. 설령 외향을 남성적이거나 여성적으로 꾸민다 해도 실제 그런 것은 아니다. 기본적으로는 중성으로 보아야 하겠지만, 일부만 남자, 일부만 여자로 몸을 만드는 것도 얼마든지 가능하다. 실상 명계에서는 생물과 무생물의 구분도 없다시피 하다. 명계에서는 모든 무생물을 생물로 보아야 한다.

단지 타락한 개체는 합일이나 마음의 대화가 어려워 사물에 가까워 보일 때가 있고, 성별이 잔재해 있을 때도 있다.

타락

하계에 깊이 몰입한 이들에게 생겨나는 일종의 질병. 통상 아만을 최초의 타락자로 본다. 진실인 명계보다 일종의 가상현실인 하계의 삶을 더 중요하게 생각하고, 그러다 못해 하계가 진짜고 명계가 허상이라고 믿기에 이른다. 타락의 특징은 다양한데, 현재의 3차원 육체의 경계가 자신의 진짜 경계라고 믿고, 자신과 타인을 완전히 구분해 생각한다. 현재의 일시적인 인격에 과하게 집착하여 그 인격의 종말을 자신의 소멸로 해석한다. 현재 상태에 집착하기에 몸을 변형시키지 못하고, 합일을 위한 설득이 통하지 않을 때도 많다.

타락한 개체는 합일하는 것이 거의 유일한 치유법이지만, 합일한 쪽이 오염될 위험이 있으므로 주로 격리한 뒤 어느 정도 치유되기를 기다려 합일한다.

설득

합일에 설득이 필요한 이유는, 일단 몸이 섞이기 시작하면 생각이 섞이고, '합일하지 않겠다'는 마음에 오염되어 합일을 멈추게 되기 때문이다. 단지 한쪽의 몸의 크기가 상대적으로 훨씬 크면 큰 쪽이 작은 쪽의 생각을 압도하기 때문에 가능하다. 크기가 비등해도 한쪽이 다른 쪽에 수용되기를 바라면 그 의지가 반영된다. 타락이 심해지면 몸이 작아도 분리의 의지가 강하여 합일이 어려워진다.

도솔천

'타락'이라는 개념이 생겨난 뒤 타락으로부터 전체 인격을 보호하기 위하여 마고, 반고, 선문대 세 선지자가 합일하여 새 인격을 만들었다. 이들의 모습은 3차원의 시각으로 보면 검은색의 하계 우주 주위를 도는 흰색의 위성우주처럼 보인다. 크기 비례는 지구와 달의 관계와 비슷하다. 이 정도로 커진 개체는 지적으로 초월적인 상태에 있지만 개성이나 성향이랄 것이 없다. 나반은 아만을 만들기 전까지는 도솔천과 비슷한 인격이었다.

나반

원래는 '아이사타'로, 초기 2세대 중 가장 큰 인격이었다. 태초의 기억을 갖고 있으며 2세대 분열 당시 분열에 문제가 있다면 아이사타를 기반으로 다시 합쳐질 예정이었다. 아만과 분리한 뒤 나반으로 개명했다. 이 때문에 시각에 따라서는 나반과 아만을 둘 다 2세대로 보기도 하고, 둘 다 3세대로 보기도 한다. 현재는 태초의 기억 여부에 따라 나반이 2세대, 아만이 3세대인 것으로 해석이 굳어졌다.

그 외 용어의 기원

아이사타(阿耳斯它), 나반(那般), 아만(阿曼)

한국 신화에서 나반과 아만은 최초의 인류로, 바이칼호 부근 아이사타에서 혼인했다고 한다. 신화와 달리 이 소설에서 나반과 아만은 성별이 없으며, 하계에서도 여러 성별을 오간다. 단지, '그 하나의 생에 대하여 N' 편에서는 아만은 어느 시점에서부터인가 핍박받는 자리를 택하여 주로 여성을 택한 것으로 해석한다.

한자는 다르지만 한글로는 발음이 같은 '아만(我慢)'은 불교용어로 '자신에게 집착하는 마음'을 뜻하기도 한다.

267

복희(伏羲)

여러 신화가 있는 인물이지만 이 소설에서는 나반, 아만과 마찬가지로 최초의 인류의 이름 중 하나를 가져왔다.

명계(冥界), 하계(下界)

명계는 '어두운 세계'라는 뜻으로, 한자문화권에서 저승을 뜻하는 일반적인 말이다. 하계는 '아래 세계'라는 뜻으로 보통 천상에서 내려다본 지상 세계를 뜻한다.

명약(明若), 관화(觀火)

'분명하다'는 의미의 4자 성어에서 따온 이름. '명약'은 ~처럼 밝다, '관화'는 불을 본다는 뜻으로, 불을 보듯 뚜렷하다는 뜻이다.

도솔천(兜率天)

불교에서 말하는 여러 천계 중 하나. 미륵보살이 사는 천계로, 이상적인 세계다. 이곳에 사는 미륵보살은 56억 7천만 년 후 세상에 나타나 인류를 전부 깨우치게 한다고 한다.

마고(麻姑), 반고(盤古), 선문대

이 소설에서 모여 도솔천을 이룬 세 명. 마고는 한국 신화의 창세
여신, 반고는 중국 신화의 창세신이며, 선문대는 한국의 가장 큰
섬인 제주도 설화에 등장하는 창세여신이다.

황천(黃泉)

'누런 샘'이라는 뜻으로, 지하의 샘이라는 뜻이며, 명계와 마찬가
지로 한자문화권에서 저승을 뜻하는 일반적인 말이다.

저 이승의 선지자

초판 1쇄 발행   2017년 6월 20일
초판 2쇄 발행   2019년 7월 20일

지은이   김보영
펴낸이   박은주
기획   김창규, 최세진
디자인   김선예, 류진
마케팅   박동준

발행처   아작
등록   2015년 9월 9일(제2018-000142호)
주소   03924 서울시 마포구 월드컵북로54길 25
상암DMC푸르지오시티 504호
대표전화   02.324.3945   **팩스**   02.324.3947
이메일   decomma@gmail.com
홈페이지   www.arzak.co.kr

ISBN   979-11-87206-54-5 03810 .

아작은 디자인콤마의 문학 브랜드입니다.

이 도서의 국립중앙도서관 출판예정도서목록(CIP)은 서지정보유통지원시스템 홈페이지
(http://seoji.nl.go.kr)와 국가자료공동목록시스템(http://www.nl.go.kr/kolisnet)에서
이용하실 수 있습니다. (CIP제어번호: CIP2017012909)